張桃洲

著

中國大陸
先鋒詩歌簡史

（1968-2003）

名家推薦

　　先鋒詩歌是否已成「過去」？它究竟留下了什麼遺產，抑或何種啟示？張桃洲教授雖自謙這部《中國大陸先鋒詩歌簡史（1968-2003）》源於授課所需，或屬教科書式的文學史；但從其中饒富批判意識與詩學洞見、不畏評價且勇於褒貶，在在可以看出他的書寫自有宏圖在胸。對台灣讀者來說，本地圖書市場一直缺乏對先鋒詩歌有深入觀察的著作，這部簡史無疑可以填補空白，開啟吾輩對彼時先鋒詩歌的認知視野。正文第一到八章之外，書末「綴語」跟「附錄」兩處尤見批評功力，值得再三細讀，深刻反思。

　　　　　　　——楊宗翰（評論家，現任教於淡江大學中文系）

　　本書敘述明快，概念豐富，善於從多重面向去解釋現象，思辨詩學課題；一編在手，既能掌握先鋒詩的關鍵發展，又能了解當代中國的文化脈絡。

　　　　　　　　　　——劉正忠（臺灣大學中文系教授）

張教授的《中國大陸先鋒詩歌簡史（1968-2003）》：

1.以「先鋒」界定1980年代以前，相對於中國大陸主流意識形態，特具孤絕、異端、悖反、叛逆、清新、質樸、鮮活、實驗、啟迪、挑釁或對峙的現當代詩歌；以及1980年代以降，在文化與文學潮流中脫穎而出的現當代詩歌。

2.對於「70後」的詩歌創作，留意到1980/1990長詩演變，著重詩歌創作所能展現的厚重感、對現實的關注與介入。

3.史筆回到作品本身，以各個時代主要詩歌流派主從互現的方式，在整體、系統化、規範化的歷史觀中，勾勒歷史語境之遷變，點出現當代漢語詩的內在關聯。

4.體現傑出詩歌批評家與歷史學者的洞察力，雖以「簡史」為名，仍細緻關注現當代漢語詩歌發展中的調整與蓄積，指陳論述對象與同時代多數詩歌之異，和特殊歷史命名中之多方意涵。

——鄭慧如（逢甲大學中文系教授）

自序

　　這本小書，脫胎於我最近十餘年間因不同機緣寫就的評述
文字和在當代文學課堂上講授的有關內容（最早可追溯至2003年
以前，為南京《揚子江詩刊》撰寫的專欄文章和為南京大學中文
系本科生開始的選修課），原本無意於構建一種詩歌史，然而在
一位友人的「誘勸」下，對那些文字和講稿稍加整理後，卻也使
之具備了詩歌史的面貌，似乎能夠展示中國大陸當代詩歌發展的
某些線索，只不過是片斷的「簡史」：起於食指創作《這是四點
零八分的北京》的1968年，止於新世紀「網路詩歌」興起數年之
後的2003年（惜乎本書對「網路詩歌」本身並未做細緻討論）。
將食指創作《這是四點零八分的北京》的1968年作為中國大陸當
代詩歌的某種意義上的起點，想必會得到不少人的認同，因為食
指那時期的創作所開啟的「地下詩歌」潮流，無可爭議地成為中
國大陸當代先鋒詩歌的先聲和源頭之一；將本書敘述的詩史止於
2003年，或許會令人產生「意猶未盡」之感，但對我而言，做出
這樣的決斷之原因有二：一則自茲之後迄今十多年裡的詩歌較為
蕪雜、不易把握，遂放棄了勉力概括之的念頭；再則那個時間點
留有我個人的生命印記，算是私下以此作一標識。

　　這確乎是一部關於中國大陸當代詩歌的「簡史」，不僅行文
簡潔，並且也沒有全方位地展現各類詩歌發展的脈絡，而是僅描

述了大致可被稱為先鋒詩歌的那些詩潮與創作（有別於同期的主流詩歌）的基本情況。全書主體部分包括8章，分述以食指等為代表的「地下詩歌」、以北島等為代表的「朦朧詩」、以昌耀等為代表的西部詩、以韓東等為代表的「第三代」詩、以翟永明等為代表的女性詩歌、海子等所彰顯的詩歌轉型、以王家新和臧棣等為代表的1990年代詩歌的嬗變；「引子」介紹了中國當代詩歌最初十多年的情形，「綴語」討論了構建漢語詩歌「共時體」的問題，整個線索的勾畫相對清晰、自足；此外，「附錄」對「70後」詩人的長詩創作進行了探討，以增補對較新詩歌進展的認識。不過，雖然名為「簡史」，但全書既有宏觀的歷史描述，又有微觀的作品分析，總體上能夠呈現中國大陸先鋒詩歌流變過程中各種因素的互動關係和諸多代表詩人的文本特徵。希望這本小書，有助於讀者瞭解二十世紀下半葉中國大陸詩歌的一些重要現象、話題、詩人及作品。

需要說明的是，本書的論述是在過去十餘年間不同時空條件下完成的，如今時過境遷，一方面書中談及的部分詩人的創作已經出現了較大變化，另一方面我對當代詩歌的看法也發生了一定改變。以現在的眼光，我也許會批評某些詩人（包括一些著名詩人）的當下創作；正如我在「綴語」裡所說，目前中文詩歌的最大問題是精神和認知的「圍欄化」，缺乏宏闊的胸襟和恢弘的氣魄，因而少了必要的創造力和應有的格局。儘管如此，卻並不能否定他們曾經取得的成就和為先鋒詩歌做出的貢獻，而本書中對其在那個階段的創作及特徵的描述和論斷，自感依然大體成立。

本書曾以《中國當代詩歌簡史》為題在大陸出版了簡體字

版，此繁體字版相較而言主要有兩點差別：一是恢復了原來出版
過程中被刪掉的一些文字和注釋，二是若干章節增補了部分重要
詩人的評述，另外還調整了某些表達方式，總體上比簡體字版更
豐富、更全面。本書的順利出版，要特別感謝楊宗翰博士的鼎力
引薦和徐佑驊女士的辛勤勞作。同時要感謝鄭慧如、劉正忠、楊
宗翰三位教授撥冗撰文推薦，以及孟樊（陳俊榮）、楊小濱兩位
教授慨允署名推薦。書中若有錯訛，責任在我，敬祈讀者諸君不
吝賜教。

張桃洲

2018年冬至前夕

於北京定慧寺恩濟里

目次
CONTENTS

【引子】
「時間開始了！」

　　1949年中華人民共和國成立，一個新的時代即將展開。詩人胡風（1902-1985，原名張光人）以驚人的迅捷回應了新時代的到來，他在隨後不久創作的長詩《時間開始了！》中表達了對新時代的呼喚和禮贊：「時間／奔騰在肅穆的呼吸裡面」，「祖國，我的祖國／今天／在你新生的這神聖的時間／全地球都在向你敬禮／全宇宙都在向你祝賀」。這部長詩第一章《歡樂頌》發表在《人民日報》上，「驚住了一切人」，倍受關注。胡風在給妻子梅志的信中寫道：「這是我生平第一次最激情的作品，差不多是用整個生命燒著寫它的。還要寫下去，這幾天就成天在感情底糾結裡面。好幸福又好難受呵。」[1]但他並沒有料到，這部他傾注了巨大心力、格外看重的長篇詩作很快受到批判。

　　《時間開始了！》引領了中國當代政治抒情詩的風潮。受制於當時此起彼伏的政治運動，政治抒情詩對政治的書寫體現出明顯的直接性，在追求「詩人的『自我』跟階級、跟人民的『大我』相結合。『詩學』和『政治學』的統一，詩人和戰士的統一」[2]方面，與1920年代革命詩歌之後各種政治詩創作（如中國詩

---

[1]　曉風選編《胡風家書》，上海：復旦大學出版社2007年版，第130頁。

[2]　賀敬之《〈郭小川詩選〉英文本序》，《郭小川詩選續集》「代序」，

歌會的作品）有一脈相承的地方；這種直接性，還包括對象徵、比喻等手法的模式化運用。其中的代表性作品如郭小川（1919-1976，原名郭恩大）的《致青年公民》組詩、賀敬之（1924-）的《放聲歌唱》等，無不強調觀念的重要性，在字裡行間空前高漲的政治熱情與漸趨單一的抒情方式奇妙地糅合在一起。

政治抒情詩在1950年代後的相當長時間裡，成為令人矚目的詩歌景觀。不過，在這股強勁的詩潮中，也存在著某些可予辨察的異質現象。拿這一時期受關注度極高、也飽受爭議的郭小川來說，他的作品中既有像《致青年公民》之類極具政治意識的詩作，又有《團泊窪的秋天》這樣「矛盾重重的詩篇」；他的詩富於思辨色彩，表現出評價現實生活的習性，這多少顯得不合時宜。在《望星空》中，某種屬於個體內在的猶豫與困惑，借助於與一個超越現時物象進行對話的方式袒露出來：「在那遙遠的高處，／在那不可思議的地方，／你觀盡人間美景，／飽看世界滄桑。／時間對於你，／跟空間一樣──／無窮無盡，浩浩蕩蕩」；而《一個和八個》、《白雪的讚歌》等詩作，「在50年代關於革命將建立在怎樣的『新世界』的爭辯中，提出了一種肯定人道主義和個體精神價值的社會想像。這種想像的動人之處，以及它的脆弱、矛盾的『烏托邦』性質，在詩中都得到展示」[3]。這些顯得「非正統」的創作，與當時同樣「偏離」正常詩歌「秩序」的《霧中漢水》、《川江號子》（蔡其矯）等作品一道，將會豐富人們對於那一時期詩歌面貌的認識。

石家莊：河北人民出版社1980年版。

[3] 洪子誠、劉登翰《中國當代新詩史》（修訂版），北京大學出版社2005年版，第97~98頁。

　　1950-60年代政治抒情詩的部分特點，在1980年代初期的青年詩人葉文福（1944-）、雷抒雁（1942-2103）、熊召政（1953-）、張學夢（1940-）、駱耕野（1951-）等的新的政治抒情詩中得到了接續。其實，在1980年代初，不惟這些青年政治抒情詩顯示出對政治的巨大熱情，那些經過了特殊歷史命名的「歸來的詩」和「朦朧詩」也不例外，毋寧說政治關懷（對歷史、現實的批判與反思，對未來的期冀）正是當時詩歌的主要動力。富有意味的是，此際引起強烈反響的一些青年政治抒情詩（葉文福的《將軍，不能這樣做》、雷抒雁的《小草在歌唱》、熊召政的《請舉起森林般的手，制止！》、曲有源的《關於入黨動機》等），卻因涉及「敏感」題材而遭到批評。這似乎體現了詩歌與政治相糾結的悖論。

　　1949年以後，中國新詩的主體在大陸得以延續，而有一脈則遷到了海峽另一側臺灣島上，兩岸詩歌形成彼此隔絕、各自發展的格局。1950-60年代的臺灣詩界，由於眾多大陸詩人（他們免不了將以往的詩學理念和寫作習性帶到島內）的湧入，其發展路向自然要受到整個新詩傳統的影響，況且兩岸詩歌原本就有交流和聯繫的根基。1940年代末遷台的詩人有紀弦（1913-2013，原名路逾）、覃子豪（1912-1963）、鐘鼎文（1914-2012，原名鐘慶衍）、羊令野（1923-1994）、張秀亞（1919-2001）等，他們身體力行地直接為臺灣新詩輸入了很多新的經驗。其中，以「路易士」為筆名，在1930年代參與組織「菜花詩社」並出版《菜花詩刊》，隨後同「現代派」重要詩人戴望舒等合資創辦《新詩》月刊，1940年代又發起成立「詩領土」社並出版《詩領土》月刊的

紀弦，於1950年代遷台後則以《現代詩》（及「現代詩社」）的創辦，在島內掀起了一場轟轟烈烈的「現代派」詩歌運動，前後辦刊的宗旨和主張具有明顯的承續性，如其《六大信條》[4]直截了當地提出：

1. 我們是有所揚棄並發揚光大地包含了自波特賴爾以降一切新興詩派之精神與要素的現代派詩之一群。
2. 我們認為新詩乃是橫的移植，而非縱的繼承。這是一個總的看法。一個基本的出發點，無論是理論的建立或創作的實踐。
3. 詩的新大陸的探險，詩的處女地之開拓，新的內容之表現，新的形式之創造，新的工具之發現，新的手法之發明。
4. 知性之強調。
5. 追求詩的純粹性。
6. ……

而他本人在詩歌創作的語言、主題、風格等方面，與此前也有著相當的一致性。

在很大程度上，1950-60年代的臺灣新詩相較於同期的大陸新詩而言，保留更多中國新詩成熟時期的因數。與紀弦領導的「現代詩社」同時，有覃子豪等創辦的「藍星詩社」和洛夫（1928-，原名莫運端）、瘂弦（1932-，原名王慶麟）、張默

4　見《現代詩》1956年6月第13期「封面」。

（1930-，原名張德中）等發起成立的「創世紀詩社」（二者均出版了專門的詩刊），它們並稱臺灣現代主義詩歌的「三駕馬車」。有別於「現代詩社」的激進，「藍星詩社」對現代主義的接受與宣導要溫和圓融得多，覃子豪對紀弦的「橫的移植」的說法給予了批評，他質詢道：「若全部為『橫的移植』，自己將植根於何處？」並認為「中國新詩應該不是西洋詩的尾巴，更不是西洋詩的空洞的渺茫的回聲」[5]。而在這兩家的詩學爭執之外，「創世紀詩社」的同仁們另闢蹊徑，獨獨青睞「超現實主義」，提出「世界性」、「超現實性」、「獨創性」和「純粹性」的主張，重視語言的聲音和色彩、「直覺」與「暗示」的功能。臺灣現代主義詩歌以多樣的詩藝探索，與此際大陸新詩遵循「古典＋民歌」模式、漸趨單一的路向形成了鮮明對照。

1960年代末期之後，臺灣新詩界掀起了一股強勁的反思「現代派」詩歌的潮流，導致後者逐漸顯現出調整和消退的趨勢；與此同時，一種以回歸民族文化為宗旨、面向本土現實的鄉土詩開始迅速地崛起，逐漸成為1970年代臺灣新詩界令人矚目的現象。正如有人總結說：「就七十年代現代詩風潮的定位而言，相對於六十年代以高標的超現實主義為首的西化詩潮，七十年代的新世代詩人採取的毋寧是以民族傳統為縱經，本土社會為橫緯，從而確定座標的現實主義」[6]。其中產生影響的鄉土詩社團有「笠詩社」、龍族詩社、大地詩社、草根詩社、詩潮詩社等。

---

[5] 覃子豪《新詩向何處去？》，《藍星詩選‧獅子星座號》，臺北1957年8月。
[6] 向陽《七十年代現代詩風潮試論》，《文訊》第12期，1984年6月。

　　當然，在充滿激情的政治抒情詩「放歌」詩壇之際，並不是所有的詩人都加入到了那場大合唱中。例如，在1930年代即已成名的詩人朱英誕（1913-1983，原名朱仁健），此時便處於一種近乎「隱者」的狀態。他早年曾在北京大學文學院任教，接續其詩學上的「導師」廢名講授新詩，兩人的講稿後來經整理後合輯出版[7]。1950年代後他先後在北京貝滿女中、三十九中學等校教書，1963年因病退休；他後半生大部分時間，是蟄居在北京祖家街一處不起眼的院落裡，平日裡種花、養草、唱京劇，與鄰居聊天、下棋，代人讀報、寫字，「泯然眾人矣」[8]。鮮為人知的是，他一直沒有中輟其詩歌創作，而是自覺地進入了一種「潛在寫作」，成詩數以千計。他自陳「逃人如逃寇」、「畏名利如猛虎」，於是「退卻到高高的小屋裡來」（《寫於高樓上的詩》）；他還自問：「世事如流水逝去，我一直在後園裡掘一口井，我是否要掘下去呢？」[9]最終他是默默地「掘下去」了，其情景如他在《聲音樹》中所描述的：

> 古城的風吹著窗前的樹，
> 花生和柿子豐收的冬天，
> 風啊棲止在古屋的燈光上，
> 棲止在深夜裡的爐火旁邊。
> ……

---

[7]　廢名、朱英誕著，陳均編訂《新詩講稿》，北京大學出版社2008年版。

[8]　參閱王曉漁《誰能夠築牆垣，圍得住杜鵑——隱者朱英誕》，《讀書》2015年第1期。

[9]　朱英誕《梅花依舊——朱英誕自傳》，見《新詩講稿》「附錄」，北京大學出版社2008年版，第409頁。

那麼，你就吹吧，風啊，
發出金屬聲響的風，
如夜之渾融的風，
夜正深沉，我愈覺寧靜。

雖然這首詩也被視為「頌詩」，雖然朱英誕本人難免受當時風氣的影響，但那些詩篇無疑是時代囂攘中一股清澈的暗流。事實上，在豪邁的「頌歌」和粗獷的「戰歌」的縫隙，偶爾也遊弋著一縷縷清新之風：

火車在雨下飛奔，
車窗上都是水珠，
模糊了窗外景色。

火車車窗是最好的畫框，
如果裡面是春雨江南，
那就是世界上最好的畫。

清明之後，穀雨之前，
江南田野上的油菜花，
一直伸展到天邊。

只有小橋、河流切斷它，
只有麥田和紫雲英變換它，
油菜花伸展到下一站，下一站。

> 透過最好的畫框，
>
> 江南旋轉著身子，
>
> 讓我們從後影看到前身。
>
> ——徐遲《江南（一）》

在這一時期，1930-40年代就十分活躍的先鋒詩人穆旦（1918-1977，原名查良錚），同很多其他詩人一樣「被迫」陷入沉默。無數個冷峻的夜晚，他埋首於那些來自異域的詩行，孜孜於以其原名從事著翻譯工作，先後譯出雪萊、拜倫、普希金等的大量作品，一定程度上獲得了詩的「重生」。沉寂多年之後，穆旦在其生命的晚境、也是在一種新的歷史變動即將到來之際，忽然創作了20餘首高品質的詩作，這些「智慧之歌」凝結著終其一生關於生命奧秘的探詢與思索：「我愛在淡淡的太陽短命的日子，／臨窗把喜愛的工作靜靜做完；／才到下午四點，便又冷又昏黃，／我將用一杯酒灌溉我的心田。／多麼快，人生已到嚴酷的冬天」（《冬》）。這些詩篇，在主題和形式上有別於其青年時代詩作中洋溢著青春氣息的奔放與伸展，而代之以步入平靜後的穩健與內斂，在句式上趨於整飭、凝練。

面對洶湧的時代潮流，還有一位詩人卻「不合時宜」地表示了猶疑與惶惑：

> 從什麼地方吹來的奇異的風，
>
> 吹得我的船帆不停地顫動：
>
> 我的心就是這樣被鼓動著，

它感到甜蜜,又有一些驚恐。

輕一點吹呵,讓我在我的河流裡

勇敢的航行,借著你的幫助,

不要猛烈得把我的桅杆吹斷,

吹得我在波濤中迷失了道路。

　　　　　　——何其芳《回答》(1952-1954年)

　　在1950年代後期的「新民歌」浪潮裡,這位詩人——何其芳(1912-1977)顯得格外「另類」而固執,他堅持認為「民歌體」的體裁有限,句法與現代口語不符,「寫起來容易感到彆扭,不自然,對於表現今天的複雜的社會生活不能不有所束縛」,「一個職業的創作家絕不可能主要依靠它們來反映我們這個時代,我們必須在它們之外建立一種更和現代口語的規律相適應,因而表現能力更強得多的現代格律詩」[10]。他對其所倡行的「現代格律詩」進行了充分的理論探討,先後發表《關於現代格律詩》、《關於新詩的「百花齊放」問題》、《關於詩歌形式問題的爭論》、《再談詩歌形式問題》等長篇論文,在肯定自由詩「非常富於創造性」的前提下,表述了建立「現代格律詩」的必要性,並強調了其基本要素——「頓」與「押韻」:「現代格律詩在格律上只有這樣一點要求:按照現代的口語寫得每行的頓數有規律,每頓所占時間大致相等,而且有規律地押韻」;在他看來,中國古典詩歌、民歌以及其他民間形式,均應成為建立「現代格律詩」的可能的來源,但又不拘泥於哪一種:「批判地

---

[10] 何其芳《關於現代格律詩》,載《中國青年》1954年第10期。

吸取我國過去的格律詩和外國可以借鑒的格律詩的合理因素，包括民歌的合理因素在內，按照我們的現代口語的特點來創造性地建立新的格律詩，體裁和樣式將是無比地豐富，無比地多樣化的」[11]。可惜這些不乏洞見的主張，被湮沒在了歷史的風塵中。

---

[11] 何其芳《關於現代格律詩》，載《中國青年》1954年第10期。

第一章

「地下」的「火種」

　　在那個洋溢著熱烈意緒的理想主義時代，從不曾缺乏詩歌的喧聲，從1950年代的政治抒情詩到全民參與的「新民歌」運動，直至「文革」初期成千上萬的紅衛兵宣言式詩傳單，當代中國詩歌的高昂格調和渲泄語式，一直與那個時代的整體氛圍相得益彰。只是，當這種顯形的吟唱逐漸偃息而歸於沉寂時，幾乎與此同時甚至更早，夾縫間隱隱翕動著另一類生命的吹息。當時大概誰也沒有料到，這些零星的遊絲一般的吹息，日後會蔓延成一場聲勢浩大的詩學革新──「朦朧詩」運動。

　　這其間的詩歌淵源和承傳路徑是層次分明的。有兩個相當關鍵的人物：食指和趙一凡，假如沒有他們，這一段詩歌歷史或許會是另外一種情形。食指（1948-，原名郭路生）被視為「文革」詩歌第一人，他的名篇《相信未來》、《這是四點零八分的北京》等曾以手抄本的形式廣為流傳，事實上他是一位承上啟下的過渡性人物，或者說他的意義在於，作為一座詩歌分水嶺，他將一種自發的民間（「地下」）詩歌活動引向一條自覺之路，給那種狹隘的個人的詩歌寫作導入了關注現實的鮮明主題和執守信念的穩健精神（儘管仍帶有濃厚的理想主義色彩）。在食指之前，有一些依附於地下沙龍和小團體（均由一些高幹子弟組成）的個人寫作活動，湧現了張郎郎、牟敦白等一批作家和詩人，這批先驅們略帶病態的貴族氣息在食指身上蕩然無存；食指以平民身分出沒於這些地下沙龍間（他因此結識了何其芳、賀敬之等人，後者深深地影響了他的詩風），成為「唯一帶著作品從60年代進入70年代的詩人」；而在食指之後，同樣從一些地下沙龍脫穎而出了一批詩人，其中芒克、多多、根子等又成為「白洋澱詩歌群落」的主力，影響了林莽、方含乃至北島、江河等人的寫

作。這一整條基本上未間斷的線索，構成了1970年代末圍繞《今天》而「崛起」的「朦朧詩」人的詩學背景。而趙一凡（1935-1988）的歷史功用在於，他以驚人的毅力，將這一背景完整地保存了下來，他被稱為「收藏了一個時代的人」[1]。

食指的重要性，用1970年代末發起新詩潮（「朦朧詩」）運動的詩人們的話說，他是這場詩學革命的「真正的先驅」，例如多多就曾說過「郭路生是我們一個小小的傳統」。他的《這是四點零八分的北京》等曾經在知青中廣為傳誦，不過它們是以「手抄本」的方式流傳的（這種回歸「原始」的流傳方式，既暗示了食指詩歌所遭受的特殊命運，又為其歷史價值提供了某種證明）。一定程度上可以說，正由於食指在1960~70年代的寫作，當代中國詩歌才在普遍的凋敝下保全了一簇得以燎原的星星火種。隨著對食指及其同時代詩人「地下詩歌寫作」的發掘，隨著對「白洋澱詩歌群落」、「朦朧詩」與食指詩學承傳關係的梳理與確認，一幅新的詩歌圖景才逐漸呈示在讀者面前。

食指詩歌的清新風格和它們所傳達的質樸情感，在那個時代是十分稀少的。它們的獨特之處在於詩歌體驗的個人性，即以一種個人化的方式感應著歷史的巨大變動，以一己的悲歡映襯了時代的龐然身影。以他寫於1968年的《這是四點零八分的北京》為例，儘管詩作表達的是一代人面臨時代變動所感受的心靈陣痛，卻有意回避了流行於那個時代的宏闊場景，和與之相應的高大而空疏的概念化語詞，而選取了一個相當日常化的場面：車

---

[1] 關於趙一凡的更詳細的介紹，請參閱廖亦武主編《沉淪的聖殿：中國20世紀70年代地下詩歌遺照》，烏魯木齊：新疆青少年出版社1999年版，第130頁以下。

站裡熙熙攘攘的告別。這一場面在那個時代的普遍性，形成了這首詩之所以引起共鳴的重要基礎。對於被捲入那場浩大的社會運動的多數青年而言，這種經歷無疑是別具意味的，它幾乎象徵著他們人生的一次重大抉擇；他們不僅因為面臨與親人生死離別的現實而產生悲慟，而且由於這場突如其來的變故，而隱約地滋生青春的淒迷、前途的惘然和對美好生活的留戀等複雜的意緒。因此，在這首詩平淡的字句底下，包孕著豐富而微妙的人生體驗和社會內涵。這首詩從第一節鋪敘告別的情景寫起，到末節依依不捨的傾訴為止，構成了對一次離別經驗的完整描述，其敘寫的重心是置身於外部喧響中的內心感受。值得一提的是，它在處理具體的場面及其勾起的複雜思緒時，能夠將可感的細節刻劃與細微的心理波動交融起來，如「北京車站高大的建築／突然一陣劇烈地抖動」二句，顯然既是實際景象的觀察，又是心理受到震動的表現；而「我的心驟然一陣疼痛，一定是／媽媽綴扣子的針線穿透了心胸」，則將強烈的即時體驗與想像性記憶聯繫起來，從而維護了個人感受的真切性。這些細節一方面包括「一片手的海浪翻動」等外部印象，另一方面更有對「媽媽綴扣子」的追憶，作者後來回顧說，「我就是抓住了這幾個細節，在到山西不幾天之後，寫成了《這是四點零八分的北京》」[2]。這種獨特的片斷式連綴方法，顯然有別於同時代的詩歌。

食指的詩從外形來說，其顯要特徵是語句單純、勻稱，並特別注重音韻在傳達情感方面的調諧作用。他特別注重句式的整齊，詩歌多用「ong」韻和「ing」韻，具有鮮明的節奏感和充分的感染

---

[2]　食指《〈四點零八分的北京〉和〈魚兒三部曲〉寫作點滴》，《詩探索》1994年第2輯。

力，適於傳達情真意切的內心感受。這一特點貫穿食指詩歌的始終，他同時期及後來所寫的詩歌寫作如《相信未來》、《命運》等，都保持著這樣的風格。因而毋庸諱言的是，從這一點也可以看出食指的詩歌寫作，仍然無可避免地接受了當時詩歌風尚（何其芳、郭小川）的影響，後者在詩歌句式上的均齊、語調上的鏗鏘，不同程度地在他的一些詩篇裡打上了烙印。當然，這些都難以掩蓋食指詩歌的獨立性，它們以天然的個人抒寫保持了詩歌所應有的真實。食指詩歌外形上的特點及其意義，正如有論者評價說，「郭路生表現了一種罕見的忠直──對詩歌的忠直。……即使生活本身是混亂的、分裂的，詩歌也要創造出和諧的形式，將那些原來是刺耳的、兇猛的東西制服；即使生活本身是扭曲的、晦澀的，詩歌也要提供堅固優美的秩序，使人們苦悶壓抑的精神得到支撐和依託；即使生活本身是醜惡的、痛苦的，詩歌最終將是美的，給人以美感和向上的力量」[3]。這也正是食指詩歌的獨特魅力和價值所在。

如果說食指延續了1960-70年代中國詩歌的星星火種，那麼受他直接推動而鋪展開來的1970年代「地下」詩歌寫作，則充分汲取了前者的純樸品質和自發精神，進而以其充滿「前現代感」的詩藝探險，促動了「朦朧詩」這場新詩革新運動的醞釀與發生──其間的詩學更替脈絡是清晰的，儘管實際歷史情形比紙上描述要複雜得多。這些「地下」詩歌寫作群體影響較大的有「白洋淀詩歌群落」、貴州詩人群（黃翔、啞默等）、上海詩人群（陳建華、錢玉林、張燁等）。「白洋淀詩歌群落」是1970年代一批被下放到白洋淀（在河北境內）插隊的知青詩人的集合命名，這

---

[3] 崔衛平《郭路生》，見氏著《積極生活》，北京：中國人民大學出版社2003年版，第52頁。

批詩人包括多多、芒克、根子、林莽、宋海泉、趙哲等。這個
群體可謂各種因緣際會、多重因素混合催生而成的，比如根子
（1951-，原名岳重）本為中央樂團的男低音獨唱，因受濃郁的
詩歌氛圍影響而寫詩。根子在當時的白洋澱詩歌群體和後來的有
關敘述中得到的評價很高，多多就曾經把根子寫詩的情狀描述為
「叼著腐肉在天空炫耀」。根子寫詩的時間很短，不到兩年，堪
稱驚鴻一瞥，但據說完成了8首高品質的詩作，可惜留存下來的
僅有《三月與末日》、《白洋澱》、《致生活》等。《三月與末
日》可謂驚世駭俗，以一種「猙獰」的筆法以及「反抒情」的
方式，抒寫了面對人世的荒涼之感：「大地是由於遼闊才這樣薄
弱，既然他／是因為蒼老才如此放浪形骸／既然他毫不吝惜／每
次私奔後的絞刑／既然他從不奮力鍛造一個，大地應有的／樸素
壯麗的靈魂／既然他，沒有智慧／沒有驕傲／更沒有一顆／莊嚴
的心／那麼，我的十九次的陪葬，也卻已被／春天用大地的肋骨
搭架成的篝火／燒成了升騰的煙」。

　　以「叛逆」的姿態反對當時的主流詩歌，確實是「地下詩
歌」主題與美學的雙重特徵。「地下詩歌」既然是那些「被剝奪
了正常寫作權力」的詩人秘密寫成的，這一狀態本身隱含著壓抑
與反壓抑的格局。那些詩人被看作社會的叛逆者或「出軌」者，
他們發出的常常是「大合唱」中尖利的異端聲音：

　　　我的年代撲倒我
　　　斜乜著眼睛
　　　把腳踏在我的鼻樑架上
　　　撕著

咬著

啃著

直啃到僅僅剩下我的骨頭

即使我只僅僅剩下一根骨頭

我也要哽住我的可憎年代的咽喉

　　　　　　——黃翔《野獸》（1968年）

　　很多「地下詩歌」都表現出令人戰慄的「被圍困感」和受難感，個人與時代之間的緊張關係非常強烈。詩人們以「語不驚人誓不休」的架勢，直接或曲折地表達對主流意識形態的懷疑、詛咒、憎惡、憤怒、拒絕和抗爭。

　　一般認為，「白洋澱詩歌群落」是「地下」詩歌較為完整的一支，其中的重要詩人多多、芒克等與後來「朦朧詩」的關係十分密切。多多（1951-，原名栗世征）常常被認為是那個時代「地下詩歌」的最重要書寫者之一。他1972年開始寫詩，先後著有《行禮：詩38首》（1988年）、《里程：多多詩選1973-1988》（油印）、《阿姆斯特丹的河流》（2000年）等詩集。多多的高傲性格和傳奇式經歷，與他本人所期待的詩歌品質相稱。他因其突出的詩歌成就而獲得首屆今天詩歌獎（1988年）、首屆安高詩歌獎（2000年），其中，後一詩歌獎的頒獎致詞中有云：他的詩「由細膩的情感和冷靜又成熟的觀察提煉出對生活，生命，和時間更深層的屬性」[4]。這樣的評語簡潔而又準確地概括了貫穿於

---

[4]　劉麗安《「安高詩歌獎」2000年度首屆頒獎儀式致詞》，見《中國詩歌評論：從最小的可能性開始》（肖開愚、臧棣、孫文波編），北京：人

多多迄今為止詩歌寫作中的基本特徵。確如宋海泉所說，多多「用荒誕的詩句表達他對錯位現實的控訴與抗爭，以實現對人性喪失的救贖。但是這種救贖，不是以受難而是以淪落，不是以虔誠而是對神明的褻瀆，不是以忠貞而是以背叛，不是以荊冠或十字架而是以童貞的喪失為代價來實現的」，「拿著一把人性的尺子，去衡量大千世界林林總總，一切扭曲的形象」[5]。

在多多詩歌的語詞內部，滋生著一種相互對峙、相互衝擊的趨向，這恰好是詩歌保持原生力量的源泉。可以說，多多屬於那種在詩中保存了我們母語——現代漢語的堅實硬度的詩人，他亮出了銳利的語言鋒芒而「直取詩歌的核心」（黃燦然語）。這尤其體現在諸如「當那枚灰色的變質的月亮／從荒漠的歷史邊際升起」（《無題》，1974年）、「歌聲是歌聲伐光了白樺林／寂靜就像大雪急下」（《歌聲》，1984年）、「坐彎了十二個季節的椅背，一路／打腫我的手察看麥田／冬天的筆跡，從毀滅中長出」（《通往父親的路》，1988年）等詩句中，而他的《手藝》一詩，充分展示了多多犀利的詩思和詩歌理想：

> 我寫青春淪落的詩
> （寫不貞的詩）
> 寫在窄長的房間中
> 被詩人姦污
> 被咖啡館辭退街頭的詩
> 我那冷漠的

民文學出版社2000年版，第236頁。

[5] 宋海泉《白洋澱瑣憶》，《詩探索》1994年第4輯。

再無怨恨的詩

（本身就是一個故事）

我那沒有人讀的詩

正如一個故事的歷史

我那失去驕傲

失去愛情的

（我那貴族的詩）

她，終會被農民娶走

她，就是我荒廢的時日……

　　在這裡，將詩歌寫作指認為「手藝」，表明他很大程度上認同了「手藝」所蘊含的原始力量：一方面，它與現實的土壤緊密相連，從而顯得質樸、堅韌、渾沉；另一方面，它保持著與「手」有關的一種古老勞作的神秘品性，從而顯得隱晦、超然、深邃。那麼，對於多多來說，詩歌被作為一門「手藝」究竟意味著什麼？這顯然既涉及他本人對詩歌本性的認識，又關乎作者寫作此詩的語境（語言和時代背景），他力圖表達的是自己關於詩歌、詩歌與時代、詩歌與自我等命題的獨特理解。在詩中，詩人始終以「我」作為全篇得以延展的動力（「我寫……」、「我那……」），以此表明自己詩歌態度的主動性，儘管他在表面上讓詩歌處於被動的地位（「淪落」、「被辭退」、「無怨恨」、「沒有人讀」、「失去驕傲」等，這些都是以退為進的語詞）。其間暗含著一種挑釁般的反諷甚至冷漠語氣：「我」就是要寫「不貞」的詩，「我」就是不指望眾多的讀者……總之，「我」的詩就是要與眾不同。詩人對詩歌的「異端」追求，與其說是為

了標新立異，不如說為了顯示一種叛逆的決絕。在他看來，詩歌在時代中的處境「本身就是一個故事」，它曾經高傲卻未免不合時宜，它也許軟弱無力但應當受到禮贊。詩的最後兩行，將詩歌作為「手藝」的二重特性展露無遺。

與多多比較起來，芒克（1950-，原名姜世偉）具有更特殊的身份：他既是「白洋澱詩歌群落」的重要成員，又是「朦朧詩」運動的前奏——「今天派」的創始人之一。這一身份使得芒克成為這兩股詩歌脈流的名副其實的銜接者。鑒於這兩股詩歌脈流之於中國當代詩歌進程的重要性，更由於芒克詩歌自身的獨特性，他在當代中國詩歌從70年代中後期到80年代初的過渡中，具有不可替代的作用。

芒克於1971年開始寫詩，1973年即寫出一批奠定他風格和地位的重要詩作，1978年底參與創辦《今天》，1987年完成他的顛峰之作、長詩《沒有時間的時間》。他先後出版詩集《陽光下的向日葵》（1988年）、《芒克詩選》（1989年）、《今天是哪一天》（2001年）等。在一些追述文章裡，芒克被描繪成一位「天然」的詩人，例如多多就曾說「芒克是個自然詩人」，「他詩中的『我』是從不穿衣服的、肉感的、野性的，他所要表達的不是結論而是迷失。迷惘的效應是最經久的，立論只在藝術之外進行支配」[6]。這讓人不禁想起高爾基對葉賽寧的評價：「與其說是一個人，倒不如說是自然界特意為了詩歌，為了表達無盡的『田野的悲哀』、對一切生物的愛和惻隱之心而創造出來的一個器官。」

---

[6]　多多《被埋葬的中國詩人（1972-1978）》，《開拓》1988年第3期。

　　對語詞本身具有強烈的敏感，這是芒克同多多類似的地方。據說，1970年代多多和芒克相約每年年底交換一冊詩集，這種儀式化般的行為，既與他們的天性、又多少與時代氛圍具有隱秘的聯繫。他們那一時段的作品有著相近的桀驁不馴的姿態，大概是相互激勵的結果。芒克早年的詩篇在煉字造句上，頗有「語不驚人誓不休」的架勢。如：「太陽升起來／天空血淋淋的／猶如一塊盾牌／／日子像囚徒一樣被放逐／沒有人來問我／沒有人寬恕我／／我始終暴露著／只是把恥辱用唾沫蓋住」（《天空》）、「它腳下的那片泥土／你每抓起一把／都一定會攥出血來」（《陽光中的向日葵》）、「天黑了下來我仍舊在街上遊蕩感到腸胃一陣疼痛／我現在真想發瘋似地喊叫讓滿街都響起我的叫聲」（《街》）等，這些詩句力圖顯出驚世駭俗的氣概。他的《雪地上的夜》一詩，更顯出楔入時代的銳利風格：

　　　　雪地上的夜
　　　　是一隻長著黑白毛色的狗
　　　　月亮是它時而伸出的舌頭
　　　　星星是它時而露出的牙齒

　　　　就是這只狗
　　　　這只被冬天放出來的狗
　　　　這只警惕地圍著我們房屋轉悠的狗
　　　　正用北風的
　　　　那常常使人從安睡中驚醒的聲音
　　　　衝

著我們嚎叫

這使我不得不推開門
憤怒地朝它走去
這使我不得不對著黑夜怒斥
你快點兒從這裡滾開吧

可是黑夜並沒有因此而離去
這只雪地上的狗
照樣在外面轉悠
當然，它的叫聲也一直持續了很久
直到我由於疲憊不知不覺地睡去
並夢見眼前已是春暖花開的時候

　　從表面上看，這是一首寫景的詩。標題中的「雪地」和「夜」暗示了所描繪景物的特點：「雪地」表明時令正值冬季，「夜」標劃了一段具體的時間刻度，前者用來修飾後者，重心落在後者上——「夜」正是詩要描繪的對象。然而，這顯然不是一首單純的寫景詩。由「雪地」和「夜」構築的氛圍，與其說是自然景物，不如說是社會環境。「雪地」透射的冰冷和「夜」鋪陳的靜謐，其字面的冷色調給人一種心理上的壓抑感、孤寂感。這句標題定下全詩的基調，預示了詩篇可能展開的方向。不過，進入詩篇後才發現，全詩採用的是敘述筆法，「夜」本來是敘述者置身其間的情境，卻成了遭受審視甚至反抗的對象。這種與「夜」的對峙格局的設定，潛藏著敘述者試圖掙脫「夜」的情境

束縛的意向。

　　詩的第一節以擬人化方式和富於想像的比喻，漫畫式地勾勒出的「夜」的整體狀貌。「狗」的說法一方面將靜態的「夜」動態化了，另一方面隱含了某種鄙夷的語氣（狗一般意味著卑賤、降格），這種鄙夷與後面「你快點兒從這裡滾開吧」的怒斥保持了一致。用來描繪「夜」的「黑白毛色」和以月亮喻舌頭、以星星喻牙齒，都十分形象貼切，也很巧妙。這兩個比喻需要一種闊大的想像和整體感，具體而有力度，能將事物最顯著的特徵凸顯出來，突破了當時流行的俗濫修辭。但為什麼只寫了舌頭和牙齒呢？這顯然與敘述者的意向有關：他是想借此呈現出「夜」的兇惡乃至殘暴的一面。

　　接下來，「夜」的狀貌得到進一步展示。「冬天放出來的狗」提示的「狗」的歸屬、「警惕」的情態、「轉悠」的動作，都讓人產生某種現實的聯想。除了動作，「狗」還發出「嚎叫」的厲音（這裡運用了「北風」的借喻用法），「使人從安睡中驚醒」——至此，「狗」的脅迫漸漸逼近。以至在第三節裡，敘述者「不得不」挺身而出予以反抗，從「憤怒地」「走去」到「怒斥」，體現了情緒強烈程度的升級。如果把這首詩看作一部短小的情景劇的話，那麼到「怒斥」為止，就達到了全劇的高潮。最後一節，整個情境趨於平緩（只是從語勢上來看），第三節的緊張局面得到緩解：「狗」照樣轉悠，叫聲依然持續。全詩似乎要就此收束，但最後兩句驀地轉變筆鋒，使全詩獲得提升，進入柳暗花明的開闊境界：

　　直到我由於疲憊不知不覺地睡去

並夢見眼前已是春暖花開的時候

這兩句詩於迷惘中暗含著期冀，於憂憤中寄寓著悲憫，給人以不盡的遐思。

有人說，「如果說振開（北島）寫詩是思想，那麼芒克寫詩則是呼吸」[7]。「呼吸」的確展示了芒克詩歌的狀態和風貌，「思想」的刻意（「朦朧詩」）與「呼吸」的自然（「地下詩歌」）在此涇渭分明。實際上，這既是一種風格層面或方式上的區別，也是一種寫作觀念、取向上的分野：可以看到，作為「朦朧詩」運動先驅的「白洋澱詩歌群落」，如芒克、多多、根子這些屬於「自然生長」的詩人，其所具有的「天然」的粗礪、駁雜甚至野性，被他們的後繼者們以自覺的理性、強烈的社會歷史批判意識給磨平了。這似乎是一種歷史的必然與無奈。

---

[7] 徐曉《〈今天〉與我》，見《沉淪的聖殿：中國20世紀70年代地下詩歌遺照》，烏魯木齊：新疆青少年出版社1999年版，第395-396頁。

第二章

―――

「朦朧詩」浮出地表

　　1970年代後期，隨著中國社會格局的變動和思想解放潮流的推動，詩歌也出現了某種復蘇的跡象。此際，除了艾青、牛漢等老一輩「歸來的詩人」，和以駱耕野、熊召政、張學夢等為代表的青年政治抒情詩人外，格外引人注目的是一批以青年詩人為主體的「朦朧詩」人。他們的崛起，預示著一個嶄新的詩歌時代的到來。對於剛剛復蘇的詩歌創作來說，「真實」──面向歷史真實、表達真情實感──是它們的基本特徵，這顯然是對過去「假大空」詩歌的有力反撥。如果說，「真實」的原則在「歸來的詩人」那裡表現為對自身苦痛經歷的書寫，在青年政治抒情詩人那裡是對1950年代干預和關注現實傳統的接續的話，那麼，它在「朦朧詩人」那裡則被轉化為一種對於人、人性和自我價值的充分肯定。

　　正如前述，「朦朧詩」同1960-70年代的「地下詩歌」之間具有多重的聯繫：既有人緣方面的接觸，又有主題和表現手法上的承續。不過，值得注意的是，「朦朧詩」在將「地下詩歌」的批判主題、反思精神和自我張揚特性向前推進和發揮的同時，又以其理性寫作姿態磨損掉了後者的天然、率直的品質。「朦朧詩」作為一種詩歌潮流的興起和產生影響，與兩方面的因素密不可分：一是《今天》雜誌的創辦，一是圍繞「朦朧詩」展開的激烈而持久的論爭。《今天》雜誌創刊於1978年12月（創辦人有北島、芒克等），至1980年9月停刊共出版9期，並出版了3期《今天》文學資料和4種叢書。《今天》創刊號上的《致讀者》鮮明地表明了《今天》同人們的文學觀和文學理想：

　　　　歷史終於給了我們機會，使我們這代人能夠把埋在心中10年之久的歌放聲唱出來，而不致再遭到雷霆的處罰。

我們不能再等待了，等待就是倒退，因為歷史已經前進
了。……

　　……

　　今天，當人們重新抬起眼睛的時候，不再僅僅用一種
縱的眼光停留在幾千年的文化遺產上，而開始用一種橫的
眼光來環視周圍的地平線了。只有這樣，才能使我們真正
瞭解自己的價值，從而避免可笑的妄自尊大或可悲的自暴
自棄。

　　我們的今天，植根於過去古老的沃土裡，植根於為之
而生、為之而死的信念中。過去的已經過去，未來尚且遙
遠，對於我們這代人來講，今天，只有今天！[1]

　　這則發刊詞顯示了從廢墟中走出的一代青年的緊迫感和使
命感。《今天》出現的重要意義在於，一群志同道合的詩人圍聚
在一起，以集團的姿態展示自己的詩學探索。隨著刊在《今天》
上的《回答》（北島）、《致橡樹》《祖國啊，我親愛的祖國》
（舒婷）等詩作在當時的權威刊物《詩刊》上公開發表，這批詩
人才逐漸浮出地表，進入人們的視野。

　　不過，這批年輕的詩人在作品中表現出的主題的晦澀和手
法的新奇，在引起人們關注的同時也引發了不小的爭議。1979年
10月，《星星》詩刊復刊號發表了顧城的《抒情詩19首》，同期
載有老詩人公劉的文章《新的課題——從顧城同志的幾首詩談
起》，文中談到：「坦白地說，我對他們的某些詩作中的思想感

───────────────

[1]　本刊編輯部《致讀者》，1978年12月《今天》創刊號。

情以及表達那種思想感情的方式，也不勝駭異。但是，無論如
何，我們必須努力去理解他們，理解得愈多愈好。這是一個新
的課題。……要真想避免他們走上危險的小路，關鍵還是在於
引導」[2]。這是詩界對這批詩人展開討論的肇始。在隨後的爭論
中，有三篇為這股新的詩潮進行辯護的文章格外令人矚目，那
就是後被稱為「三個崛起論」的《在新的崛起面前》（謝冕）、
《新的美學原則在崛起》（孫紹振）和《崛起的詩群──評我國
詩歌的現代傾向》（徐敬亞）。謝冕的《在新的崛起面前》直言
不諱地指出：「我們的新詩，六十年來不是走著越來越寬廣的道
路，而是走著越來越窄狹的道路」，「在重獲解放的今天……有
一大批詩人（其中更多的是青年人），開始在更廣泛的道路上探
索──特別是尋求詩適應社會主義現代化生活的適當方式……它
帶來了萬象紛呈的新氣象，也帶來了令人瞠目的『怪』現象」，
「對於這些『古怪』的詩，有些評論者則沉不住氣，便要急著出
來加以『引導』。有的則惶惶不安，以為詩歌出了亂子了。這些
人也許是好心的。但我卻主張聽聽、看看、想想，不要急於『採
取行動』」[3]；孫紹振的《新的美學原則在崛起》更進一步，提
出：「與其說是新人的崛起，不如說是一種新的美學原則的崛
起。這種新的美學原則，不能說與傳統的美學觀念沒有任何聯
繫，但崛起的青年對我們傳統的美學觀念常常表現出一種不馴服
的姿態，他們不屑於作時代精神的號筒，也不屑於表現自我感情
世界以外的豐功偉績。……他們和我們五十年代的頌歌傳統和六

---

[2]　公劉《新的課題──從顧城同志的幾首詩談起》，《星星》詩刊1979年
　　10月復刊號。
[3]　謝冕《在新的崛起面前》，《光明日報》1980年5月7日。

十年代的戰歌傳統有所不同，不是直接去讚美生活，而是追求生活溶解在心靈中的秘密」[4]；徐敬亞的《崛起的詩群——評我國詩歌的現代傾向》可算是一種理論總結，該文在全面分析新詩潮的興起背景、藝術主張、內容特徵、表現手法等的基礎上，將這股詩潮定位為「帶著強烈現代主義文學特色的新詩潮」[5]。

當然，這些「崛起論」遭到了程度不一的反駁。有意思的是，「朦朧詩」這一命名本身，竟來自對這股新詩潮的指責。1980年第8期《詩刊》發表了章明的《令人氣悶的「朦朧」》一文，作者認為，「有少數作者大概是受了『矯枉必須過正』和某些外國詩歌的影響，有意無意地把詩寫得十分晦澀、怪僻，叫人讀了幾遍也得不到一個明確的印象，似懂非懂，半懂不懂，甚至完全不懂，百思不得一解。……為了避免『粗暴』的嫌疑，我對上述一類的詩不用別的形容詞，只用『朦朧』二字；這種詩體，也就姑且名之為『朦朧體』吧」。作者所舉的「不懂」的例子，一個是1940年代即已成名的詩人杜運燮的《秋》，一個是青年女詩人李小雨的《夜》。在文章末尾作者不無憂心地指出：「如果這種詩體占了上風，新詩的聲譽也會由此受到影響甚至給敗壞掉的」。這場關於「朦朧詩」的論爭涉及新詩創作的多個層面（有不少文章還溢出了詩歌討論的範圍之外），其中一個重要的問題是，如何在詩歌中處理個人抒情與社會、時代之間的關係。論爭擴大了這批青年詩人的影響，也使得「朦朧詩」的詩學特徵逐步得到彰顯。

其實，「朦朧詩」之所以令人感到「朦朧」，主要是因為其表現手法的新奇：這些詩一改以往直抒胸臆的傳達方式，而多用

---

[4] 孫紹振《新的美學原則在崛起》，《詩刊》1981年第3期。
[5] 文見《當代文藝思潮》1983年第1期。

隱喻、通感、象徵等手法，著力捕捉詩人的潛意識、幻覺和瞬間感受；又通過時空顛倒、意象疊加和句式的大幅度跳躍等方式，讓讀者產生多重意蘊和不確定的印象，這些都給「朦朧詩」增添了一層朦朧色調。在主題上，「朦朧詩」致力於「個體」精神和「自我」價值的重塑。詩人們認為，此前數十年的詩歌「一直在宣傳另一種非我的『我』，即自我取消、自我毀滅的『我』」，其實質是「取消了作為最具體存在的個體的人」[6]；因此，他們如此「宣告」：「在沒有英雄的年代裡／我只想做一個人」（北島《宣告》）。在此基礎上，詩人們進一步提出：「詩人應該通過作品建立一個自己的世界，這是一個真誠而獨立的世界，正直的世界，正義和人性的世界」[7]。以一種堅實的「自我」為基點，詩人們展開了對於歷史、時代、社會、現實的全面批判與反思，不僅如此，他們還把批判的鋒芒指向「自我」本身。從根本上說，「朦朧詩」是一種介入和承擔的詩歌，很多詩篇在對於「個體」經驗的抒發中，滲透著強烈的民族、現實憂患感和參與意識：「我想／我就是紀念碑／我的身體裡疊滿了石頭／中華民族的歷史有多沉重／我就有多少重量」（江河《紀念碑》）。這種小「我」與大「我」即個人與民族、時代的同構性，是「朦朧詩」的一個基本特質。這種遊移於個體─群體之間的含混性，不免引起了其後來者的不滿和質疑。

雖然「朦朧詩」是以一種整體的潮流引起關注，但這並不意

6　《請聽聽我們的聲音──青年詩人筆談》中顧城的發言，見《詩探索》1980年第1輯。

7　北島《談詩》，見老木編《青年詩人談詩》，北京大學五四文學社1985年，第2頁。

味著詩人們保持著整齊劃一的風格，其中的幾位代表詩人在語詞習性與氣息中表現出各不相同的特點。比如，北島的詩偏於理性的懷疑和批判主題，舒婷的詩偏於溫婉的人性探詢，江河的詩偏於渾重的民族主題，顧城的詩編織了一個夢幻般的童話世界，楊煉的詩以激越的語句構築著宏大的文化史詩，梁小斌的詩注重日常性場景的展現，等等。

　　無論怎樣評價，北島（1949-，原名趙振開）在「朦朧詩」乃至當代新詩進程中都佔據了一個相當特殊的位置。曾有人這樣評述說：「北島，20世紀中國詩史上一個詩歌新時代的象徵」，「是中國現代詩承上啟下、走向未來的有力的一環，一個不可忽略的里程碑」[8]。這一說法有其非單純的詩學依據，因為北島身後新一代詩人的出場竟參照了他的名字——「PASS北島」。北島從1970年代初開始寫詩，但遲至1986年才出版首部詩集《北島詩選》。儘管人們在理解和評價上可能出現分歧，但北島的《回答》無疑應被視為「新時期」的「第一首詩」，這裡「第一」意味著某種開啟性甚至奠基性，因為無論就詩的主題還是表達方式抑或影響力來說，這首詩在相當長時間內都具有「范式」意義：

> 卑鄙是卑鄙者的通行證，
> 高尚是高尚者的墓誌銘。
> 看吧，在那鍍金的天空中，
> 飄滿了死者彎曲的倒影。

---

[8]　張同道等《獨自航行的島》，《二十世紀中國文學大師文庫·詩歌卷》，海口：海南出版社1994年版，第70頁。

冰川紀過去了，
為什麼到處都是冰凌？
好望角發現了，
為什麼死海裡千帆相競？

我來到這個世界上，
只帶著紙、繩索和身影，
為了在審判以前，
宣讀那些被判決的聲音：

告訴你吧，世界
我——不——相——信！
縱使你腳下有一千名挑戰者，
那就把我算作第一千零一名。

我不相信天是藍的；
我不相信雷的回聲；
我不相信夢是假的；
我不相信死無報應。

如果海洋註定要決堤，
就讓所有的苦水都注入我心中；
如果陸地註定要上升，
就讓人類重新選擇生存的峰頂。

　　新的轉機和閃閃星斗，

　　正在綴滿沒有遮攔的天空，

　　那是五千年的象形文字，

　　那是未來人們凝視的眼睛。

　　根據有關資料我們得知，這首詩作於1973年，原題為《告訴你吧，世界》，當時還只是作者最初一疊草稿裡的一頁；修改稿後來在1976年「四五」詩歌運動中張貼，雖然在一處並不引人注目的角落，但仍然產生了一定反響。這首詩產生的特殊歷史遭際，似乎為有關它的詮釋先天地賦予了某種過於寬大的背景。人們習慣於把它理解為「新的啟蒙運動的先聲」，並試圖依照詩裡的諸如「鍍金的天空」「冰川紀過去了」「判決的聲音」以及「五千年的象形文字」等字句，勾畫這首詩與歷史的某種關聯。在1980年代初連篇累牘的關於「朦朧詩」的爭論中，對《回答》的歷史社會學闡釋框架，在論爭雙方那裡都得到了指認。「我──不──相──信」的懷疑主義所蘊含的理性精神，在闡釋中得到了強調。以至於後來的評論者也普遍認為，這首詩體現了「大膽的懷疑與堅定的挑戰」，「熔鑄著廣袤的民族苦難與博厚的歷史思考」；作者「以人道主義為支點，關注乖謬邏輯中作為個體命運的人的權利和真實生存狀態，向不公平的時代索還人的自由」[9]。在「朦朧詩」運動中，這首詩的高亢色調一直在起著引導和推動作用。

　　這不僅關係到對《回答》的評價，而且涉及對北島詩歌的歷

---

[9]　參閱張同道等《獨自航行的島》，《二十世紀中國文學大師文庫・詩歌卷》，海口：海南出版社1994年版。

史估定。可以看到，《回答》對「我」（自我）的高度肯定和充滿未來的樂觀精神，已經被泛化為一種詩人的代言人衝動：「這是整整一代中國新人的聲音與形象」，「作為覺醒的一代的典型代表，北島的思想發展在某種程度上正是在那個該詛咒的年代裡成長起來的一代人心靈歷程的縮影」[10]。不過，能否把「回答」還原為一種個人化的姿勢？誠然，這個「個人」直挺挺的背脊曾經打上了時代的烙印，但能否從詩中抽繹出另一些語詞：「彎曲的倒影」「紙、繩索和身影」「閃閃星斗」，以便我們分辨出某種「個人」的脆弱、猶豫和不安？在一定意義上，只有這個「個人」才是更真實的。此外，這首詩的聲音特徵也有值得思索之處，它的雙行押韻表面上十分有力，實際上弱化了其聲音的內在力度。這從一個側面說明了過於高亢的聲音的局限。

北島曾有過如此清醒的內心悸動：「我們不是無辜的／早已和鏡子中的歷史成為／同謀，等待那一天／在火山岩漿裡沉積下來／化作一股冷泉／重見黑暗」（《同謀》）。作為經典，他的《回答》已經沉睡。相比較而言，更讓人懷念的似乎是他寫於同一時期的抒情短詩《迷途》《雨夜》《紅帆船》《走吧》《彗星》，還有《界限》：

> 對岸的樹叢中
> 驚起一隻孤獨的野鴿
> 向我飛來

10　吳曉東《走向冬天》，《讀書》1986年第8期。

　　作為在《今天》上發表作品的少數「外省」詩人之一，舒婷（1952-，原名龔佩瑜）從一開始就顯出與《今天》其他詩人不大一樣的氣質，這或許與她的女性身份有關。她曾經說：「通往心靈的道路是多種多樣的，不僅僅是詩；一個具有正義感又富於同情心的人，總能找到他走向世界的出發點，不僅僅是詩；一切希望和絕望，一切辛酸和微笑，一切，都可能是詩，又不僅僅是詩」[11]。正如講述這番話的文章標題所揭示的，對於舒婷而言，「生活、書籍與詩」是融會在一起的。她的很多詩，源於對生活的觀察和感悟，落葉、黃昏、珠貝、礁石、雙桅船都可觸發她詩的靈感，並成為她詩中寄寓著深切情愫的物象。

　　儘管舒婷也寫有《致大海》、《祖國呵，我親愛的祖國》、《一代人的呼聲》等略顯宏大的詩篇，但更多時候她是以一個女性的視角，審視女性自身的命運和遭際，表達女性在新的歷史境遇下的籲求與渴望。她的產生了巨大反響的《致橡樹》，展現了當代女性對於「偉大的愛情」的獨特理解：「不僅愛你偉岸的身軀，／也愛你堅持的位置，足下的土地」；詩中抒情主人公所渴求的，與其說是一種與男性的平等，不如說是一種基於對話的對等：「我必須是你近旁的一株木棉，／作為樹的形象和你站在一起。／根，緊握在地下，／葉，相觸在雲裡」。這首詩在一定程度上被視為新時期女性的愛情「宣言書」。

　　舒婷詩歌對於女性命運與處境的關注和書寫，主要沿著兩條線索展開：一是如《自畫像》中「被柔情吸引又躲避表示；／還未得到就已害怕失去；／自己是一個旋渦，還／製造無數旋

---

[11]　舒婷《生活、書籍與詩》，《福建文學》1981年第2期。

渦」、《往事二三》中「以豎起的書本擋住燭光／手指輕輕銜在口中／在脆薄的寂靜裡／做半明半昧的夢」這樣基於自我情感的抒發展示女性纖細柔和的一面；一是由「在封面和插圖中／你成為風景，成為傳奇」（《惠安女子》）、「我唯獨不能感覺到／我自己的存在」（《流水線》）引發的對女性命運的憂思和慨歎。當然，這種憂思並不顯得激烈：

> 美麗的夢留下美麗的憂傷
>
> 人間天上，代代相傳
>
> 但是，心
>
> 真能變成石頭嗎
>
> 為眺望遠天杳鴻
>
> 而錯過無數次春江月明
>
> 沿著江岸
>
> 金光菊和女貞子的洪流
>
> 正煽動新的背叛
>
> 與其在懸崖上展覽千年
>
> 不如在愛人肩頭痛苦一晚
>
> ——《神女峰》

　　儘管有「憂傷」，卻仍然不乏「美麗」；「新的背叛」是對女性自我意識的激發與肯定。總的來說，舒婷的筆觸是溫婉細膩的，不過，在她的詩中，也偶爾略過一絲抗逆的警覺：「夜晚，牆活動起來，／伸出柔軟的偽足，／擠壓我，勒索我，／要我適應各種各樣的形狀」（《牆》）。這些詩句雖僅是稍縱即逝，但

可讓人們稍稍領略她詩歌主題和風格的某種複雜趨向。

對於吟唱著「生命幻想曲」的顧城（1956-1993）來說，寫詩是為了構築一個自足自在的天地：「合上眼睛／世界就與我無關」。他自稱是一個「任性的孩子」：「我要用我的生命，自己和未來的微笑，去為孩子鋪一片草地，築一座詩和童話的花園，使人們相信美，相信明天的存在，相信東方會像太陽般光輝，相信一切美好的理想，最終都會實現」[12]。從兒童的視角和眼光出發去打量世界，具有孩童般的思維和異想，表現童話似的畫面和景象——這些正是構成顧城詩歌的重要元素。顧城詩歌的這種取向或許與他早年的經歷、閱讀等因素有關。他的少年時光是在鄉間的寂寞中度過的，在那裡他感受到大自然的賜予：

> 我感謝自然，使我感到了自己，感到了無數生命和非生命的歷史，我感謝自然，感謝它繼續給我的一切——詩和歌。
>
> 這就是為什麼在現實緊迫的征戰中，在機械的轟鳴中，我仍然用最美的聲音，低低的說：
>
> 我是你的。[13]

此外，他還多次強調法國昆蟲學家法布林《昆蟲的故事》對他產生的深刻影響。由此，逐漸形成了顧城詩歌中以「自然」、

---

[12] 顧城《少年時代的陽光》，見老木編《青年詩人談詩》，北京大學五四文學社1985年，第41頁。

[13] 顧城《學詩筆記》，見老木編《青年詩人談詩》，北京大學五四文學社1985年，第33頁。

「童心」審視沉重的歷史和抵制在他看來十分污穢的城市文明的路向。

在少年顧城的眼裡，世界呈現為這樣的「風景」：「遠江變得青紫，／波浪開始奔逃。／／風暴升起了盜帆，／雨網把世界打撈。／／水泡像廉賤的分幣，／被礁岩隨意拋掉。／／小船伸直了桅臂，／作著最後的禱告。／／太陽還沒有歸隱，又投下一絲假笑……」（《風景》）。這顯然是經過了變形和渲染的對風景的觀看，特別值得留意的是這首詩末句中的「假」字，把一種對於世界的不信任感凸顯出來。這種被「妖魔化」的景物常見於顧城早年的詩作中，如：「一瞬間——／崩坍停止了，／江邊高壘著巨人的頭顱。／／戴孝的帆船，／緩緩走過，／展開了暗黃的屍布」（《結束——寫在被污染的嘉陵江邊》）。在此，被踐踏、「污染」的不僅僅是風景，還有心靈。不過，顧城的心中仍然寄託著希冀：

　　黑夜給了我黑色的眼睛
　　我卻用它尋找光明

　　　　　　　　　　　　——《一代人》

這首詩由「黑夜」到「黑色的眼睛」，進而引出與之相對的「白」—「光明」，巧妙地將自然的顏色與種族記憶、民族歷史勾聯起來，傳達了「一代人」的心聲。

與其詩中的兒童視角、童稚思維相一致，顧城非常重視感覺、通感、聯想對詩句構造的作用。他的《小詩六首》之所以倍受爭議，主要在於其詩思對感覺的倚重，其中一首小詩的標題就

是《感覺》：「天是灰色的／路是灰色的／樓是灰色的／雨是灰色的／／在一片死灰之中／走過兩個孩子／一個鮮紅／一個淡綠」。這裡的色彩感覺的對比十分鮮明，由此所形成的象徵意味超越了色彩本身，而獲得了更為深層的歷史和現實內涵。同樣，他感覺裡的人際之間、人與自然之間的關係，也是與眾不同的：

　　你，
　　一會看我
　　一會看雲

　　我覺得
　　你看我時很遠，
　　你看雲時很近。

　　　　　　　　　　　　　　　——《遠和近》

　　顧城在答覆讀者關於《小詩六首》的質疑的信中，如此解釋《遠和近》：「這首詩很像攝影中的推拉鏡頭，利用『你』、『我』、『雲』主觀距離的變換，來顯示人與人之間習慣的戒懼心理和人對自然原始的親切感。這組對比並不是毫無傾向的，它隱含著『我』對人性複歸自然的願望」[14]。這表明，對人與自然關係的沉思始終是他詩歌的主題。
　　舒婷的《童話詩人》如此描繪顧城：「你相信了你編寫的童話／自己就成了童話中幽藍的花／你的眼睛省略過／病樹、頹

---

[14] 顧城《關於〈小詩六首〉的信》，見《顧城詩全編》，上海：上海三聯書店1995年版，第900頁。

牆／鏽崩的鐵柵／只憑一個簡單的信號／集合起星星、紫雲英和螞蟻的隊伍／向沒有污染的遠方／出發」。最終，顧城將詩境與生活完全混淆，甚至用前者取代了後者，從而淹沒在一片迷幻的、充滿妄念的語詞之海中。他的極具悲劇色彩的生命結局或許與此有關。

在「朦朧詩」人中，楊煉（1955-）和江河（1949-，原名于友澤）最初的詩歌寫作有著共同的取向，那就是對「現代史詩」的追求。這種追求寄寓著他們的宏大理想：對中國傳統文化重新進行詮釋和書寫。在江河看來：「傳統永遠不會成為一片廢墟。它像一條河流，湧來，又流下去。沒有一代代個人才能的加入，就會堵塞。……過去的傳統會不斷地擠壓我們，這就更需要百折不撓地全新地創造」[15]；後來，江河在為其組詩《太陽和它的反光》所寫的序言中，對自己的上述說法作出了修正：「傳統是河流的自身或整體。……傳統是運動的整體。不是一個序列，也不是朝一個方向運動，而是朝運動著的自身……傳統的過去、現在和未來同時並存」[16]。這種對於傳統的理解得到了楊煉的呼應：「它早已活著，現在活著，將來也會繼續活下去。它不是一個詞，或者像有些人說的那樣：是一條河，一座連綿不絕的山。它溶解在我們的血液中、細胞中和心靈的每一次顫動中，無形然而有力！它使我們不斷意識到：我們今天所做的一切並非對於昨天的否定」，因此，「每一個藝術家在他所提供的『單元模式』中，都自覺或不自覺，或多或少地浸透傳統的『內在因素』，這

---

[15] 江河《隨筆》，見老木編《青年詩人談詩》，北京大學五四文學社1985年，第24頁。

[16] 見老木編《青年詩人談詩》，北京大學五四文學社1985年，第25頁。

是他自身存在的前提」[17]。這些觀點，在當時激蕩的變革聲浪中別具意味。不過，值得省思的是這種「現代史詩」宣導背後的整體歷史觀。

在楊煉那裡，對傳統的重新認知通向的是對詩的重新理解：「詩通過空間歸納自然本能、現實感受、歷史意識與文化結構，使之融為一體」，「一首詩，說到底可以看作一個意識結構（包括詩人潛意識衝動中表達為語言的部分）。它是詩人通過對題材的處理達成的一個複合空間」，「由結構、中間組合和意象組成」；這個空間就是楊煉所說的「智力的空間」：「智力的空間作為一種標準，將向詩提出：詩的品質不在於詞的強度，而在於空間感的強度；不在於情緒的高低，而在於聚合複雜經驗的智力的高低……層次的發掘越充分，思想的意向越豐富，整體綜合的程度越高，內部運動和外在寧靜間張力越大，詩越具有成為偉大作品的那些標誌」[18]。基於這些想法，楊煉先後完成組詩《土地》、《太陽，每天都是新的》和體系龐大的詩組《禮魂》（包括組詩《半坡》、《敦煌》、《諾日朗》）、《西藏》、《逝者》和《昍》（包括組詩《自在者說》、《與死亡對稱》、《幽居》、《降臨節》）[19]等。

---

[17] 楊煉《傳統與我們》，《山花》1983年第9期。

[18] 楊煉《智力的空間》，《青年詩壇》1985年第1期。

[19] 昍是楊煉自造的一個字（上面「日」、下面「人」），取「天人合一」意。按照他的解釋，全詩是以《易經》為結構的大型詩組，由4部各含16首詩的組詩構成，共計64首，對應著《易經》中的64卦，其中「天、地、山、澤、水、火、雷、風，合為四部，即『氣』（天和風）——《自在者說》；『土』（地和山）——《與死亡對稱》；『水』（水和澤）——《幽居》；『火』（火和雷）——《降臨節》；貫穿線索為『外在的超越』、『外在的困境』、『內在的困境』、『內在的超

收錄在《太陽，每天都是新的》中的組詩《大雁塔》，是一件受到較多矚目的作品，全詩以古城西安的名勝大雁塔為線索和基點，展開了對一個民族苦難歷史的追溯與沉思：「我被固定在這裡／已經千年／在中國／古老的都城／我像一個人那樣站立著／粗壯的肩膀，昂起的頭顱／面對無邊無際的金黃色土地／我被固定在這裡／山峰似的一動不動／墓碑似的一動不動／記錄下民族的痛苦和生命」。在此，飽經滄桑的大雁塔被人格化地賦予了承載民族歷史和記憶的功能。這樣的寫作思路，在後來楊煉寫半坡、敦煌的詩作中有所延續。不過，他將關切的目光投向了更為幽深的遠古和神秘的文化：

> 高原如猛虎，焚燒於激流暴跳的萬物的海濱
> 哦，只有光，落日渾圓地向你們氾濫，大地懸掛在空中
>
> 強盜的帆向手臂張開，岩石向胸脯，蒼鷹向心……
> 牧羊人的孤獨被無邊起伏的灌木所吞噬
> 經幡飛揚，那淒屬的信仰，悠悠凌駕於蔚藍之上
>
> ——《諾日朗‧日潮》

《諾日朗》的五個詩章，似乎呈現了一條明晰的人類文明演進脈絡：從「日潮」的混沌初開到「黃金樹」的頑強和「血祭」的抗爭，再經「偈子」的「期待」直至「午夜的慶典」的再開創。正是在對遠古的追尋中，楊煉再一次領略了傳統的強悍、「燦爛而

越』」。見《Ｘ》「總注」。

嚴峻的美」。

由於受「史詩」追求的促動，江河早年的詩大多趨於闊大的社會歷史和民族主題，較有代表性的作品如《紀念碑》、《沒有寫完的詩》、《祖國啊，祖國》、《我歌頌一個人》、《從這裡開始——給M》、《讓我們一起奔騰吧——獻給變革者的歌》[20] 等。這些詩篇，有著十分濃厚的剛剛過去的那段沉重歷史和正在展開的時代變革的背景，除了結構的宏大和繁複外，語調也頗為昂揚：

> 土地說：我要接近天空
> 於是，山脈聳起
>
> 人說：我要生活
> 於是，洪水退去
> 河流優美地流著
> 　　　　——《讓我們一起奔騰吧——獻給變革者的歌》

詩中所選用的多為土地、天空、山脈、英雄、祖先這樣一些空闊、高遠的詞彙，以對應作者要表達的對重大歷史事件和祖國、民族命運等的關注：「我把長城莊嚴地放在北方的山巒／像晃動著幾千年沉重的鎖鏈／像高舉起剛剛死去的兒子／他的軀體還在我的手中抽搐／我的身後，有我的母親／民族的驕傲。苦難和抗議／在歷史無情的眼睛裡／掠過一道不安」（《從這裡開始

---

[20] 《讓我們一起奔騰吧——獻給變革者的歌》後來更名為《讓我們一塊兒走吧》。

——給M》）。在這種關注的背後，始終隱含著一個具有強烈英雄氣質的形象——將個體意志與民族歷史和命運勾聯起來，正是江河早年詩作的突出特點。

在幾年沉默之後，重新提筆的江河調整了寫作的路向，寫出了一些語言清新、音調平淡的抒情之作，如《接觸》、《交談》、《月光》、《生日》、《四月》等。在《交談》中，他試圖以一種自然隨意的語氣娓娓而談：「為你的生日寫首詩吧／此時已近深夜／再過一會你就三十六歲了／你習慣在夜裡寫作／並不是不愛白天／夜裡沒人了，你只能走進詩裡」，這相較於他早年詩作裡的高昂色調已經低緩了許多。雖然此際他的重要作品、組詩《太陽和它的反光》借助於古老的神話傳說，更深地探入了他所期待的傳統、文化等主題，並重塑了一個個神話中的英雄，但這些英雄顯然更具人性色彩：

> 太陽安頓在他心裡的時候
>
> 他發覺太陽很軟，軟得發疼
>
> 可以摸一下了，他老了
>
> 手指陡得和陽光一樣
>
> 可以離開了，隨意把手杖扔向天邊
>
> 有人在春天的草上拾到一根柴禾
>
> 抬起頭來　漫山遍野滾動著桃子
>
> ——《追日》

這組詩的沉靜溫和的語調與濃郁的東方意境，恰切地呼應著其古典主題。

不同於上述詩人，梁小斌（1954-）的詩歌有著更為單純的起點。有論者指出，「他詩歌意識的疏朗，為朦朧詩填補了內在明晰的另一側胎記……他金屬薄片般精美的詩的藝術感覺，甚至啟發了這個群體之外不相干的人們」[21]。他的《中國，我的鑰匙丟了》、《雪白的牆》、《我曾經向藍色的天空開槍》等詩篇，展示了一代人的精神痛楚和對理想、信念的追尋。他選取的多為細微的、日常的、更具私人性的意象，如「鑰匙」、「牆」、「三葉草」、「蘋果醬」、「野菊」等，以此來表現複雜的個人意緒或重大社會歷史主題。對此梁小斌曾做過給人印象深刻的解釋：「一塊藍手絹，從曬臺上落下來，同樣也是意義重大的。給普通的玻璃器皿以絢爛的光彩。從內心平靜的波浪中覓求層次複雜的蔚藍色精神世界」[22]。這是一種從微小的個體出發去看待歷史與社會的「個人性」。這一可稱之為凡俗「個人性」的詩觀，較早顯示了對詩歌日常場景的重視，不僅一以貫之地體現在梁小斌本人的寫作中，成為他詩歌入思的基本路徑，而且啟迪了後來的「第三代」詩人。

梁小斌早年的詩歌，一部分匯入當時詩人們源於苦難記憶的追述與沉思的合聲，這些詩在主題上與某種「宏大敘事」保持著一致，他發自內心地放聲唱頌：「我的詩啊，它多想能感動全世界的人民」（《詩的自白》），「我對那試探我愛情的祖國無限熱愛」（《我屬於未來》），「讓整整一代人走進少女的內心吧」（《你讓我一個人走進少女的內心》），「我長時間欣賞這

---

[21] 徐敬亞《圭臬之死》（上），《鴨綠江》1988年第7期。

[22] 梁小斌《我的看法》，見老木編《青年詩人談詩》，北京大學五四文學社1985年版，第95頁。

比人類存在更古老的風光」（《我熱愛秋天的風光》），「這是新誕生的美的領域／我要向中國的田園詩人做一番演說」（《發現》）……在整體上傳達了一種樂觀的、積極向上的意緒。他的另一部分抒發的是他對美好生活的自由歌詠。像《我熱愛秋天的風光》、《大街，像自由的抒情詩一樣流暢》、《用狂草體書寫中國》、《大地沉積著黑色素》、《少女軍鼓隊》等詩篇，採用綿長的散文化句式，表達了對新的時代的由衷禮贊。這些詩篇音質醇厚，音調敞亮而悠揚，節奏和外形十分「流暢」，有點類似於俄羅斯詩人葉賽寧的「輕抒情詩」。

梁小斌宣稱，「不管多麼了不起的發現，我都希望通過孩子的語言來說出」，並由此認為「單純性是詩的靈魂」[23]。「單純性」作為一種突出特點，在梁小斌的早期詩作中主要體現為語詞結構的清晰、意象的透明與意義的明確，他偏愛以「雪白」作為底色構築詩篇，如《在我雪白的襯衫上》、《雪白的牆》、《心靈上的雪花》《白雪，你使我心情舒暢》等。雖然出於單純外形和主題的需要，梁小斌的不少詩揀選了一些大詞，在諸如「人類的智慧排成了隊伍」、「一個曬了很多太陽的中國孩子，／或許能指出未來中國的方向」、「在中國蒼茫的田野上」、「我愛用狂草體書寫中國」等句中，「人類」、「中國」、「未來」之類的抽象詞隨處可見，但他依然試圖在詩裡貫注某種細微的個人意緒：

---

[23] 梁小斌《我的看法》，見老木編《青年詩人談詩》，北京大學五四文學社1985年版，第96頁。

當黃昏我看見一位蒼老的人拉著沉重的圓木
他唱著沉緩的曲調令我難受

我的滯緩行進的祖國
我迎著晚風，按照我固有的節奏走在了前頭
我的親愛的祖國，親愛的祖國
我的靈魂裡萌發了一種節奏

　　　　　　　　　　　　　　──《節奏感》

第三章

西部風景：
新邊塞詩與巴蜀詩群

在1980年代的風起雲湧的文化熱潮中，西部作為一道特殊的風景也被「發現」了，並得到了文學上的濃重的書寫。從詩歌方面來說，格外引人注目的是青藏高原這片雪域所衍生的「新邊塞詩」和以四川盆地為中心活躍著的巴蜀詩群，這兩個詩歌群體以各自奇特的地域文化為背景，展現了一派絢爛的詩歌景觀。有學者在談到詩歌中的地域因素時指出：「詩歌的『地域』問題，不僅是為詩歌批評增添一個分析的維度，而且是『地域』的因素在80年代以來詩歌狀貌的構成中是難以忽略不計的因素。在詩歌偏離意志、情感的『集體性』表達，更多關注個體的情感、經驗、意識的情況下，『地域因素』對寫作，對詩歌活動的影響就更明顯。偏於高亢、理性、急促的朦朧詩之後，詩歌革新的推進需要來自另外的因素作為動力：比如世俗美學的傳統，現代都市中人的生存境遇，對『感性』的更為細緻的感受力等等。『南方』提供了這樣的可能性。」[1]這裡提到的「南方」與「北方」的相異、「個體」對「集體性」的「偏離」，就將「地域」的意義凸顯出來。

「新邊塞詩」作為一種獨特的詩歌創作現象被提出，較早是評論者基於對楊牧（1944-）、章德益（1946-）、周濤（1945-）三位新疆詩人進行觀察後獲得的總體印象，評論者認為：「一個在詩的見解上，在詩的風度和氣魄上比較共同的『新邊塞詩』正在形成」[2]。這一提法得到了一些當地詩人的認同，被評論者談及的詩人周濤主張：「新邊塞詩不應該是題材上的狹窄河道，不應該

[1]　洪子誠、劉登翰《中國當代新詩史》（修訂版），北京大學出版社2005年版，第211頁。
[2]　周政保《大漠風度　天山氣魄——讀〈百家詩會〉中三位新疆詩人的詩》，《文學報》1981年11月26日。

是限制人們多方面探求、實驗和發揮自己多方面感受的模式；而應該是促使人們更清醒地認識自己的位置和氣度，從而更自覺地形成獨特風采的星座」[3]。隨後，甘肅、新疆等地的刊物相繼推出「新邊塞詩」欄目，並組織了相關討論，使之成為一股蔚然可觀的潮流引起了廣泛的關注，雖然後來關於這一名稱的內涵、特徵等並未得到深入探究。在這股潮流中，除了前面提到的周濤、楊牧、章德益等詩人外，為人所矚目的還有王遼生（1930-2010）、林染（1947-）、李老鄉（1943-2017）、張子選（1962-）、馬麗華（1953-）、梅紹靜（1948-）、魏志遠（1952-）等。

　　長年居住在西部的詩人昌耀（1936-2000，原名王昌耀），其詩歌風格具有濃厚的西部特色，或許最可被稱為「新邊塞詩」人，但實際上他不隸屬於任何「派別」或「旗號」，他數十年的創作也不能簡單地用「新邊塞詩」概括。在長達半個世紀的詩歌創作歷程中，昌耀始終忠實於自己內心的真實體驗和對語言的敏感，排除種種「非詩」因素的干擾，直接進入對個體生存的質詢。他曾如此表述自己的詩觀：「我們的詩在這樣的歷史處境如若不是無病呻吟，如若不是安魂曲或佈道書，如若不是玩世不恭者自瀆的器物，如若不是沽名釣譽者手中的道具，那就必定是為高尚情思寄託的容器。是淨化靈魂的水。是維繫心態平衡之安全閾。是輪軸中的潤滑油。是山體的熔融。是人類本能的嚎哭。是美的召喚、品嘗或獻與」[4]。他的詩回蕩著1940年代穆旦、阿壟等詩人作品中的受難品質，總是在對時代流行話語的偏移中對時

---

[3]　周濤《對形成「新邊塞詩」的設想》，《新疆日報》1982年2月7日。

[4]　昌耀《酒杯》，見《命運之書》，西寧：青海人民出版社1994年版，第210~211頁。

代的本質作出深刻的反思，用語奇崛而精妙，給人內在的震撼。

　　早在1950年代，昌耀就寫出了這樣的詩句：「鷹，鼓著鉛色的風／從冰山的峰頂起飛，／寒冷／自翼鼓上抖落。／／在灰白的霧靄／飛鷹消失，／大草原上裸臂的牧人／橫身探出馬刀，／品嘗了／初雪的滋味」（《鷹・雪・牧人》）。詩裡描繪的是典型的西部景物，但所用的語詞和句法絲毫沒有當時鼓噪的年代的印痕。這種對現時意識形態和寫作風尚的拒斥，是貫穿昌耀全部詩歌的基本品質。面對世間和詩界的喧囂，昌耀顯示了極其可貴的沉靜與自若：「靜極──誰的歡噓？／／密西西比河此刻風雨，在那邊攀緣而走。／地球這壁，一人無語獨坐」（《斯人》）。誠如有論者指出：昌耀詩歌表現出「對語言的維護與搶救。……他本能地、精心地（也就是自由地）撿選出的文本語言是一種倖存的語言……也就是戰勝了強制性意識形態作用的語言，同時是一種適宜表達真實思想與充沛詩意的語言」[5]。

　　從表面上看，昌耀有相當一部分詩是直接展現西部風景的，較有代表性的如組詩《青藏高原的形體》（包括《河床》、《聖跡》、《她站在劇院臨街的前庭》、《陽光下的路》、《吉本尖喬──魯沙爾鎮的民間節日》、《尋找黃河正源卡日曲：銅色河》），他不僅勾畫了那裡的地貌，而且展示了那裡的人情、風俗和精神。在昌耀看來，所謂「西部精神」實則「是與時代轉型期同時來臨的一種自覺的生命潮動……有著不尚粉飾的拙樸基調與峻急品格。有著義無反顧的道德操守。有著充滿宗教感的善的隆重。有著基於死亡意識的人性悲壯。有著面對現代文明衝擊的內心

---

[5]　殷實《倖存的詩人》，《讀書》1997年第7期。

困惑。有著感於文化滯距的歷史反省。有著實現理想人格的恣情追求。」⁶因此，他的書寫其實超越了狹隘的西部地域範圍，而深入到人性、「愛」與生命等主題。他的著名組詩《慈航》（1980年）可視為他本人的精神履歷，其中迴蕩著的是這些強有力的箴言般的語句：「在善惡的角力中／愛的繁衍與生殖／比死亡的戕殘更古老、／更勇武百倍」。這幾乎成了他畢生執守的信念。

對自然的敬畏、對人性和愛的尊崇，使得昌耀的詩滲透著宗教般的神聖感，猶如「不能描摹的一種完美」，「不學而能的人性醒覺」（《紫金冠》）。不過，這並不表明昌耀服膺了某種具體的宗教教義，毋寧說體現了一種「靈魂的渴求」。他在一則短文裡寫道：「重新開始我的旅行吧。我重新開始的旅行仍當是家園的尋找。……靈魂的渴求只有溺水者的感受可為比擬。我知道我尋找著的那個家園即便小如雀巢，那也是我的雀巢」（《91年殘稿》）。正由於不懈的「尋找」，昌耀的詩中經常閃現一個「趕路」者的姿態，在《聽候召喚：趕路》（組詩）中他如此禮贊：「你，旅行者／沿途立起鑿刀／以無名雕塑家西部尋根的愛火／——照亮摩崖被你重鑄的神衹」，雖然當那位旅人漸漸消失在晨曦中時，內心不免掠過一絲猶疑：

可也無人察覺那個涉水的
男子，探步於河心的湍流，
忽有了一閃念的動搖。

　　　　　　　　　——《風景：涉水者》

---

⁶　見昌耀《命運之書》，西寧：青海人民出版社1994年版，第314頁。

從美學風格上說，昌耀的詩常常因受難的痛楚、無名的焦灼等體驗，而顯出高峻、悲愴卻又節制的品質：

在雄鹿的顱骨，有兩株
被精血所滋養的小樹。
霧光裡
這些挺拔的枝狀體
明麗而珍重，
遁越於危崖、沼澤，
與獵人相周旋。

若干個世紀以後。
在我的書架，
在我新得收藏品之上，
我才聽到來自高原腹地的那一聲
火槍。──
那樣的夕陽
傾照著那樣呼喚的荒野，
從高岩。飛動的鹿角
猝然倒僕……

……是悲壯的。

──《鹿的角枝》

這首詩寫了兩種不同狀態下的「鹿的角枝」：鮮活的展現在

雄鹿顱骨上的「挺拔的枝狀體」，和乾枯的放在書架上的「新得收藏品」；前者「明麗而珍重，／逾越於危崖、沼澤，與獵人相周旋」，而後者僅僅作為藝術品引人緬想。正是在這兩種不同狀態下「鹿的角枝」的差別和關聯的確立過程中，一幕「悲壯」的死亡景象得到了呈現。這一確立過程穿越了時空，給詩人（同時還有讀者）帶來了極大的震撼。詩的構思十分精巧獨特，從充滿活力的「挺拔的枝狀體」寫起，在「若干個世紀以後」，「才聽到來自高原腹地的那一聲火槍」，詩的末尾只用了一行：「……是悲壯的。」這樣，雖然通過生命毀滅的展示，表現了一個「悲壯」的主題，但全詩的語調是平靜而克制的。

昌耀的詩歌在語言上具有鮮明的古語特徵。正如有論者敏銳地觀察到的：「昌耀所大量運用的、有時是險僻古奧的詞彙，其作用在於使整個語境產生不斷挑亮人們眼睛的奇突功能，造成感知的震醒，這與他詩化精神的本色是直接相關的，他不僅用內涵來表述『在路上』的精神內容，也用『古語特徵』造成的醒覺、緊張與撞擊效能來體現精神的力道」[7]。同時，昌耀善於使用參差錯落的句子，那種語詞的自如、輕逸蘊藏著沉渾的力度。有時，某種韻律便產生於長短不一的行句間：

　　那年頭黃河的濤聲被寒雲緊鎖，

　　巨人沉默了。白頭的日子。我們千喚

　　不得一應。

─────────────

7　駱一禾、張玞《太陽說：來，朝前走》，《西藏文學》1988年第5期。

在白頭的日子我看見岸邊的水手削制槳葉了，

如在溫習他們黃金般的吆喝。

——《冰河期》

這種參差句式對應著情緒的向度和語流的速度。值得留意的還有詩中句號的使用：它在一行詩句之內提示語氣的停頓，在句末則造成嘎然而止、意味無窮的效果。此外，短語「白頭的日子」重複出現，起到了語音迴旋、語意增進的作用，虛詞「了」有助於語感的協調，共同映襯著富於節奏的「黃金般的吆喝」。昌耀詩中大量的對虛詞——語言留給新詩韻律的弱點——的大膽而靈活的啟用，成為自由詩韻律生成的奇特景觀。

在中國當代詩歌版圖上，四川是作為「外省似的反叛」（鐘鳴語）之「策源地」而引起關注的。在那片「滲透了神秘巫術的地貌」、「痙攣向上的斷壁」及「匪徒般劫掠空峽的棕雲，歸真返璞的水與城與人」（巴鐵語）的盆地，各種詩歌力量交織的情狀堪稱當代詩歌遷變的縮影，其詩學症候的典型性為世人所公認。不過，已有的談論大多僅限於一種充滿獵奇眼光卻不免浮泛的掃描，目的在於巴蜀地域奇異的風俗、人文、性格所激起的驚詫與豔羨，然而地域與詩歌之間繁複的互滲關係、地域因素導致的詩歌觀念的「偏移」及其技藝表現，並未得到很好的辨析。

在生於重慶的詩人柏樺看來，「地域」是一種激發的機制，他眼裡的那座山城「在熱中拼出性命，騰空而起，重疊、擠壓、喘著粗氣。它的驚心動魄激發了我們的視線，也抹殺了我們的視線。在那些錯綜複雜的黑暗小巷和險要的石砌階梯的曲折裡，這

城市塞滿了咳嗽的空氣、抽筋的金屬、喧囂的潮濕。……重慶的本質就是赤裸！詩歌也赤裸著它那密密麻麻的神經和無比尖銳的觸覺。詩歌之針一刻不停，刺穿灰霧緊鎖的窗戶，直刺進我們的居室、辦公室、臉或眼角」；詩歌的力量的確在這樣的地方找到了不同凡響的聚合和發酵之處，「美學『反動』或美學『顛覆』也盡情在此廝殺、朗誦、哭泣」[8]。對於另一位四川詩人鐘鳴來說，「地域」的因素是深入骨髓的，他在談及南方時心中想到的是自己的家鄉：「誰真正認識過南方呢？它的人民熱血好動，喜歡精緻的事物，熱衷於神秘主義和革命，好私蓄，卻重義氣，不惜一夜千金撒盡。固執冥頑，又多愁善感，實際而好幻想……」[9]。而同為川籍詩人的蕭開愚大概也是如此：「南方霧嵐縈繞的丘陵地區，江河縱橫、溝渠密佈的水鄉，和野獸出沒的熱帶與亞熱帶叢林，都是滋生幻想、刺激想像力的強制性地貌……南方詩人在陳述現實的時候，很少提供開闊的視野，浮想聯翩多於觀察，比喻多於比較」[10]；這與長期生活在成都的女詩人翟永明所說的「一個閒散、愛侈談的常年處於陰鬱天氣的地區，最容易滋生詩歌的魂靈」[11]如出一轍。

　　值得注意的是，在中國詩歌急劇變化的1980年代，以四川盆地為中心揭竿而起的詩歌群落如「非非主義」、「莽漢主義」、「新傳統主義」、「整體主義」等，在寫作策略和美學趣味上表現出明顯的倚重「方言」的趨向，「方言」恰如其分地充任了他

---

[8] 柏樺《左邊：毛澤東時代的抒情詩人》第3卷，《西藏文學》1996年第3期。

[9] 鐘鳴《旁觀者》第2冊，海口：海南出版社1998年版。

[10] 蕭開愚《南方詩》，《花城》1997年第5期。

[11] 《完成之後又怎樣——翟永明訪談錄》），《標準》1996年創刊號。

們富於喜劇色彩的美學革命的催化劑，而不僅僅是「調味品」。正是基於「方言」，這些流派的理論主張與寫作實踐才可被還原為一個個詩學個體和問題，亦即更為內在的詩歌技藝的「細節」。不管是從詞彙的構成還是表達方式來說，變幻多端的「方言」幫助巴蜀詩人「對詞彙是發現式的，是在看似沒有詩意的詞彙中尋找式的」，並傾向於直接在詩中使用「小詞」，「直接使用小詞意味著直接深入事境，直接接受了小詞中卑污甚至淫褻的成分」[12]。

作為一個內部藝術取向並不一致的詩歌群體，「非非主義」詩派的影響力無疑更多來自他們的理論表述。在參加1986年中國現代主義詩群大展時，他們所提供的《非非主義宣言》確立了三大「還原」（即感覺還原、意識還原、語言還原）的原則，認為「要擯除感覺活動中的語義障礙」、「擯除意識螢幕上語義網路構成的種種界定」，並「搗毀語義的板結性，在非運算地使用語言時，廢除它們的確定性；在非文化地使用語言時，最大限度地解放語言」[13]。隨後，其理論代言人周倫佑、藍馬相繼推出《反價值》、《變構：當代藝術啟示錄》、《前文化導言》、《非非主義詩歌方法》等頗具體系的長篇論文，提出並闡釋了語言的非兩值定向化、非抽象化、非確定化，以及「前文化」、「超語義」、「反價值」和「語量」等概念。這些極端的主張連同他們的頗具實驗色彩的創作，激起了強烈的反響。

在一篇自我辯解的文章裡，周倫佑（1952- ）將其分別命名的他本人的《自由方塊》、《頭像》的解構性寫作，楊黎的《街

---

[12] 敬文東《指引與注視》，北京：中國文史出版社2001年版，第119頁。
[13] 見徐敬亞等編《中國現代主義詩群大展1986-1988》，上海：同濟大學出版社1988年版，第33~34頁。

景》、《高處》的物化描述性寫作，藍馬的《世的界》的超語義寫作，稱為「非非主義」詩派的主要創作實績。在很大程度上，「非非主義」詩派的創作似乎是對其理論表述的一種印證。周倫佑的組詩《自由方塊》堪稱將語言作為「方塊」進行「自由」組合的一個範例，其中《拒絕之鹽》有這樣的句子：「拒絕水你不再游泳不再向江河湖海撒網／拒絕火你不再煉石不再仿製一切形式的燈／拒絕雨你不再佈道不再敲打破碎的瓦罐／拒絕風你不再升旗不再指揮船隊遠航／／你把拒絕作為遊戲／無人對弈／你的棋子仍在減少／拒絕之鹽無味／你從無味接近烹飪之道」。在此，儘管周倫佑強調非文化、非理性對於寫作的反作用，但他仍然試圖在作品中傳達某種意味，比如《自由方塊》有多處顯示了對於社會文化秩序和成規的揶揄與抗議。相比之下，楊黎（1962-）顯得要克制一些，他的《街景》（又名《冷風景》）是題獻給阿蘭・羅布─格里葉的，楊黎也自稱自己的寫作受到了那位法國新小說家的影響，他筆下的「風景」完全是不動聲色、「客觀」地呈現著，作者的主觀情緒被壓制到「冷」的境地，借此體現「非非主義」理論中的「超語義」等觀念。此外，藍馬（1957-）、何小竹（1963-）、劉濤（1961-）、小安（1964-）、陳小蘩（1961-）也寫出了各具特色的「非非主義」詩作。

　　有必要指出，「非非主義」詩派在理論和實踐上均有著明顯的「亞文化」特徵，他們的種種表現（主張和創作）似可被看作1980年代文化對抗的產物。就這一點而言，由李亞偉（1963-）、萬夏（1962-）、胡冬（1962-）等發起的「莽漢主義」詩派與「非非主義」詩派具有相似性。「莽漢主義」詩人同樣以尖銳的叛逆姿態出場，他們宣稱：「搗亂、破壞以至炸毀封閉式或假開

放的文化心理結構！莽漢們老早就不喜歡那些吹牛詩、軟綿綿的口紅詩……如今也不喜歡那些精密得使人頭昏的內部結構或奧澀的象徵體系。……在創作原則上堅持意象的清新、語感的突破，尤重視使情緒在複雜中朝向簡明以引起最大範圍的共鳴，使詩歌免受抽象之苦」[14]；他們「自己感覺『拋棄了風雅，正逐漸變成一頭野傢伙』，是『腰間掛著詩篇的豪豬』，以為詩就是『最天才的鬼想像，最武斷的認為和最不要臉的誇張』」[15]。後來，發起人之一李亞偉承認，「『莽漢』這一概念從一開始就不僅僅是詩歌，它更大的範圍應該是行為和生活方式」[16]。他們詩歌的基本取向是：反崇高、平民化、口語化，和對深度意義的擯棄。例如李亞偉的《中文系》、《硬漢們》，萬夏自印詩集《打擊樂》中的部分詩作，胡冬的《我想乘上一艘慢船到巴黎去》等。

在社團、流派林立的巴蜀詩群中，柏樺（1956-）並沒有明確的「歸屬」，他的寫於「朦朧詩」崛起時期的《表達》（1981年），展現的是與同時期詩歌相異的旨趣：「我要表達一種情緒／一種白色的情緒／這情緒不會說話／你也不能感到它的存在／但它存在／來自另一個星球／只為了今天這個夜晚／才來到這個陌生的世界」。這首詩後來被認為是「朦朧詩」之後「新生代」詩歌的先聲之作。他雖然曾列入「四川七君」這一鬆散的名號之下，但他的詩歌創作與火熱的盆地氛圍並不相宜，而更像是經受過溫潤的江南氣息的薰染，且留有濃重的過去時代的影

---

[14] 《莽漢主義宣言》，見徐敬亞等編《中國現代主義詩群大展1986-1988》，上海：同濟大學出版社1988年版，第95頁。

[15] 見《現代詩內部交流資料》，1985年1月。

[16] 李亞偉《英雄與潑皮》，《詩探索》1996年第2輯。

子。他的《春天》、《夏天還很遠》、《惟有舊日子帶給我們幸
福》、《李後主》、《在清朝》、《望江南》、《春日》等詩
作，都顯示了其對於「舊」的發自肺腑的眷戀，如一種難以祛除
的「懷鄉病」，儘管有時他在談到過去時滿含譏誚：

> 在清朝
> 安閒和理想越來越深
> 牛羊無事、百姓下棋
> 科舉也大公無私
> 貨幣兩地不同
> 有時還用穀物兌換
> 茶葉、絲、磁器

> ——《在清朝》

　　他的這些詩，在構詞和句法上具有苦心經營與猝然迸發相交
融的特點，顯出某種渾然天成的美感。不過，柏樺的詩歌還有值
得格外辨析的另一方面，即他自稱「毛澤東時代的抒情詩人」所
特有的對於他親歷的時代命題的反省，其間混雜著真誠（自戀）
與戲仿（嘲諷）。這當然也是一種懷舊，但它包含的意緒是曖昧
不清的：「必須向我致敬，美的行刑隊／死亡已整隊完畢／開始
從深山湧進城裡」（《美人》）。

　　與柏樺同列「四川七君子」的鐘鳴（1953-）、曾舉起「新
傳統主義」大旗的廖亦武（1958-），都寫出過給人印象深刻的
詩作。鐘鳴的代表作《中國雜技・硬椅子》以繁複著稱，同時體
現了未免誇飾的美學趨向；1980年代後期他曾與人合作創辦詩歌

刊物《象罔》，產生過一定的影響。鐘鳴給人印象更深的也許是他的三卷本隨筆《旁觀者》及其他一些批評文字，其中不乏博學與敏識，並以個人化的視角和方式，借助豐碩的詩學、思想資源和歷史材料，展現了中國當代詩歌令人觸動的細節與圖景，同時對一些詩人和詩歌文本進行了充滿啟發性的評析，開創了一種獨特的批評文體。廖亦武以氣勢磅礡的「先知三部曲」（包括《死城》、《黃城》、《幻城》）、《巨匠》、《大盆地》等大型詩作引起關注，他大概是巴蜀詩群中最具盆地意識，同時接續了楊煉、江河等史詩精神的詩人。

此外，雖然不是川籍、但與巴蜀詩群交往密切的張棗（1962-2010），他的詩注重古典意象和音韻的精心調配，如《何人斯》：

> 這是我鍾情的第十個月
> 我的光陰嫁給了一個影子
> 我咬一口自己摘來的鮮桃，讓你
> 清潔的牙齒也嘗一口，甜潤的
> 讓你全身也膨脹如感激

他此際的重要作品有《鏡中》、《姨》、《桃花園》、《十月之水》、《燈心絨幸福的舞蹈》等。張棗1980年代中後期去德國留學，他進入90年代後在海外創作的詩歌，國內讀者瞭解不多，近年來隨著他的詩集《春秋來信》等的出版，加上他在2010年因病去世，他的詩歌才為越來越多的人所關注。這一時期他的重要作品有長詩（組詩）《跟茨維塔耶娃的對話》、《卡夫卡致菲利斯》、《雲》等，茨維塔耶娃、卡夫卡都是西方著名詩人、

作家，張棗在這兩首長詩中擬造了一種對話結構，當然進行的是精神上的對話，他善於通過構擬一種戲劇性情境，以揭示自我的多重性。張棗對語言極其敏感，被視為最富語言天賦和表達才能的當代詩人之一，他試圖以苦心孤詣的寫作探掘現代漢語的潛能、窮盡現代漢語的豐富表現力，以對古典的創造性轉化凸顯當代詩歌的漢語性，展示了漢語的華麗、絢爛的一面。

第四章

———

眾聲喧嘩：
「他們」及其他

在中國當代詩歌歷史上，1986是一個不應該被忘卻的年份。這一年，詩歌尋求再次變革的涓涓細流經過幾年的積聚，終於彙集成不可遏止的大潮，如山洪般爆發了。仿佛是一夜之間，全國數百個詩歌社團、流派打著五花八門的名號，紛紛亮相於詩歌的舞臺。這一年，《詩歌報》（安徽）和《深圳青年報》用7個整版篇幅，聯合推出了「中國詩壇1986現代詩群體大展」，從各地風起雲湧的詩歌社團中挑選了60餘家予以集中展示。「大展」的發起者以不無誇張的口吻描述道：「1986──在這個被稱為『無法抗拒的年代』，全國兩千多家詩社和十倍百倍於此數位的自謂詩人，以成千上萬的詩集、詩報、詩刊與傳統實行著斷裂，將80年代中期的新詩推向了彌漫的新空間，也將藝術探索與公眾準則的反差推向了一個新的潮頭」[1]。這些詩歌社團除前述巴蜀詩群中的「非非主義」、「莽漢主義」等外，較有影響的還有「他們文學社」、「海上詩群」、「城市詩」、「撒嬌派」、「圓明園詩群」、「星期五詩群」等。也是在這一年，大型文學刊物《中國》開闢了一個詩歌欄目，刊載朦朧詩後更為年輕詩人的詩歌作品，主持這個欄目的老詩人牛漢專門寫了一篇「讀稿隨想」，把這群更為年輕的詩人稱為「新生代」：

> 近一年來，我領悟地發現了成百位新生代的詩人，還來不及一個一個地仔細欣賞，仿佛望見了壯麗的群雕，他們的詩搏動著一個心靈世界。這裡沒有因襲的負擔，沒有傷疤的陰翳和沉重的血淚的沉澱，沒有瞳孔內的恍惚和疑慮，

---

[1] 徐敬亞語，見《深圳青年報》1986年9月30日。

沒有自衛性的朦朧的鎧甲，一切都是熱的蒸騰，清瑩的流
動，藝術的生命，膚色紅潤，肌腱強壯，步伐有彈性，頭
顱上冒三尺光焰：這是一個年輕人體魄的形象。[2]

　　其實，「新生代」還只是對這批詩人的一種命名，其他稱呼
還有「第三代」、「後朦朧詩」、「實驗詩」等。不過，有一種
觀點認為，在「朦朧詩」和「第三代詩」之間並沒有那麼明顯的
更替界限和層次，而是存在著交叉、疊合、齊頭並進的情形。譬
如，被稱為「朦朧詩」「異類」的梁小斌，實際上可被看作「第
三代詩」的重要開啟者，他詩歌中大量運用了口語化的詞語和句
子，成為「第三代詩」口語化寫作的源頭之一。另一位值得一提
的詩人是王小龍（1954-），他早年曾與人創辦詩社、合編《實
驗詩刊》，在「朦朧詩」鼎盛時期，他有意識地用一些口語化
的、不那麼嚴肅的詞語和句子寫詩的先行者，代表性作品有《計
程車總在絕望時開來》、《外科病房》、《那一年》、《孤立無
援的小鳥》等，那些詩中顯得隨意的句子鬆動了朦朧詩漸漸趨於
板結的密集意象和象徵模式，可謂「第三代詩」的引路人，為後
來大面積爆發的對朦朧詩的反叛潮流提供了基礎。

　　對「朦朧詩」的反叛與超越，是「第三代」詩人的最初動
機和創作的基本動力。在他們看來，「朦朧詩」中的「我」還不
具備真正的主體意識，是以一種大寫的「我」實施了對「我」的
擠壓，這種大寫的「我」的實質是「我們」。有感於此，「第三
代」詩人要將大寫的「我」壓縮為小寫的「我」，為此他們對大

---

[2]　牛漢《詩的新生代──讀稿隨想》，《中國》1986年第3期。

寫的「我」進行了一系列「還原」，「我」不再是滿懷憂患意識的歷史承擔者，而成為不代表任何人、毫無時代使命感的普通一員。不過，值得擔憂的是，當這個平面化的消除了深度的「我」，以無拘無束的感性抒寫為指歸併始終停留在這一層面時，這種處於懸浮狀態的「我」把「我」的多面性在另一方向上一體化了。「第三代」詩人有兩個主要的立足點：語言意識和生命意識。以此為基石，他們的詩歌呈現出從理性到感性、從崇高到卑俗、從表達到宣洩的趨勢；一部分詩人僅止於對作為感性生命的「我」的描述，和對「我」的暫態經驗的即興捕捉，表現出對有深度的意義的消解，以及對深入探究的拒絕。當然，這批詩人的相當一部分，尚存在過分的姿態性與表演性，理論宣導大於創作實踐、表面聲勢高於實際成績等不足。

「他們文學社」集聚在創刊於1985年初的《他們》，其眾多成員分佈在全國各地，代表人物有韓東（1961-）、于堅（1954-）等。這群詩人在聚合之初有著相近的美學趣味，這就是他們參加1986年現代主義詩群大展時、由韓東執筆的「藝術自釋」中所說的：「我們關心的是詩歌本身，是詩歌成其為詩歌，是這種由語言和語言的運動所產生美感的生命形式。我們關心的是作為個人深入到這個世界中去的感受、體會和經驗，是流淌在他（詩人）血液中的命運的力量」[3]。同時他們強調，應注重「生命的具體性、自足性、現時性和不可替代性」[4]；因此，韓東呼籲中國詩人擺脫「卓越的政治動物」、「神秘的文化動物」和「深刻的歷

---

[3] 見徐敬亞等編《中國現代主義詩群大展1986-1988》，上海：同濟大學出版社1988年版，第52頁。

[4] 韓東、于堅《現代詩歌二人談》，《雲南文藝通訊》1986年第9期。

史動物」這三個「世俗角色」[5]，由此顯出強烈的文化消解的願望。「他們」的詩歌信念的更明確表達，最終歸結為韓東的一個多少受到誤解的著名論斷：「詩歌以語言為目的，詩到語言為止，即是要把語言從一切功利觀中解放出來，使呈現自身，這個『語言自身』早已存在，但只有在詩歌中它才成為了唯一的經驗對象」[6]。

　　韓東的上述主張體現在創作上，較典型的作品是《有關大雁塔》和《你見過大海》。這兩首詩均帶有鮮明的針對性：前者潛在的消解目標是「朦朧詩」時期楊煉的組詩《大雁塔》，它用「有關大雁塔／我們又能知道些什麼」這一暗含勸阻意味的反詰，瓦解了楊煉詩中承載著民族沉重歷史與記憶的「大雁塔」的象徵意義，將之扁平化為一處平淡無奇的景物，並以遊客「爬上去／看看四周的風景／然後再下來」的無趣，展示了現實人生的庸常與具體；後者以「大海」這個常常被賦予太多內涵和特徵（遼闊、寬廣、深邃）的物象為描寫對象，卻不是詠贊它或精細描繪它，而是反復用「你見過大海」、「就是這樣」等似乎毫無意義的句子，阻止了人們對「大海」作深度探掘的可能，於是，「大海」同樣成了平面化的、失去了任何歷史負載和特殊內涵的物象。

　　韓東的詩歌大多句式單純、語詞簡潔，採用符合其消解意旨的日常口語，在克製冷峻的敘述語氣中透出某種譏誚：

　　　月亮

　　　你在窗外

5　韓東《三個世俗角色之後》，《百家》1989年第4期。
6　韓東《自傳與詩見》，《詩歌報》1988年7月6日。

在空中

在所有的屋頂之上

今晚特別大

你很高

高不出我的窗框

你很大

很明亮

膚色金黃

……

你靜靜地注視我

又仿佛雪花

開頭把我灼傷

接著把我覆蓋

以致最後把我埋葬

——《明月降臨》

　　這首詩抒寫了一個陳舊的主題：「月亮」。不過，它對千百年來抒寫月亮的習性和方式進行了逆反。在詩中，所有曾經寄寓於月亮中的文化、思想和情緒內涵都被抽空了，月亮成了一個極其普通的、平面化的、沒有內涵的靜物，高懸在空中，「很大」、「很明亮」，「靜靜地注視我」，如此而已。這種對意義的「抽空」影響了語詞的運用，詩中對月亮的描寫始終保持著不動聲色的語氣，沒有誇飾與鋪排。

　　在「他們」群體中，于堅是一位對詩歌抱有雄心的詩人。早年他以他所生活的雲貴高原為背景，寫過一些「高原詩」（如

《河流》、《高山》、《橫渡怒江》等）。這種地域文化的元素和氛圍，在他寫作取向發生轉變後仍成為他詩歌中綿延不絕的滋養。在參加「他們」之前，他已開始自覺尋求詩歌表達方式的新變。其結果之一，便是題材的日常化、凡俗化和冗長的口語化句子的大量運用，《羅家生》、《二十歲》、《尚義街六號》和一系列冠以「作品××號」的詩作是這種努力的體現。這些詩歌，表現出對普通人生存狀況和命運的關注；在這些作品的背後，以「個人」抗拒「集體」的壓抑，以「日常」、「稗史」、「事件」、「細節」、「具體」抵制「正統」、「宏大」、「同一」、「抽象」的傾向得到了強化。他在1990年代所寫的長詩《O檔案》和「事件」系列詩，延續了這樣的寫作路子。

于堅有一套固執的對文化和詩歌的理解。在文化觀念上，他反對西化、浪漫主義和某種（故作的）高雅、深沉。在詩歌寫作上，他對1980年代中後期詩歌中的個體生命意識和語言本體意識表示了極大的認同：「詩歌已經到達那片隱藏在普通人平淡無奇的日常生活底下的個人心靈的大海。詩人們自覺到個人生命存在的意義，內心歷程的探險開始了」，「這些詩使詩再次回到語言本身。它不是某種意義的載體。它是一種流動的語感。使讀者可以像體驗生命一樣體驗它的存在，這些詩歌是整體的，組合的，生命式的統一成流動的語感」[7]。他強調口語寫作，認為「漢語的更豐富的可能性，例如它作為詩歌的非抒情方面、非隱喻方面，堅持從常識和經驗的角度，非意識形態和形而上的而是生命的、存在的角度方面」，只有在口語寫作中才得以葆存；口語寫

7　于堅《棕皮手記·詩歌精神的重建》，見《棕皮手記》，上海：東方出版中心1997年版，第231、233頁。

作「軟化了……變得堅硬好鬥和越來越不適於表現日常人生的現時性、當下性、庸常、柔軟、具體、瑣屑的現代漢語，恢復了漢語與事物和常識的關係。口語寫作豐富了漢語的質感，使它重新具有幽默、輕鬆、人間化和能指事物的成分」[8]。他的《一隻螞蟻躺在一棵棕櫚樹下》、《一隻蝴蝶在雨季死去》、《一枚穿過天空的釘子》、《啤酒瓶蓋》、《墜落的聲音》等是他上述見解的例證。也許，于堅的最為人所知、也最富於爭議的觀點，便是他提出的「拒絕隱語喻」；基於「詩是一種消滅隱喻的語言遊戲。對隱喻破壞得越徹底，詩越顯出自身」[9]的說法，他試圖對事物進行還原和重新命名：

當一隻烏鴉　棲留在我內心的曠野
我要說的　不是它的象徵　它的隱喻或神話
我要說的　只是一隻烏鴉　正像當年
我從未在一個鴉巢中抓出過一隻鴿子
從童年到今天　我的雙手以長滿語言的老繭
但作為詩人　我還沒有說出過　一隻烏鴉

——《對一隻烏鴉的命名》

當然，重新命名是不可能完全排除隱喻成分的，也許它正是一個再次設置隱喻的過程。不難發現，在于堅的見解與實踐之間

8　于堅：《詩歌之舌的硬與軟：關於當代詩歌的兩類語言向度》，《詩探索》1998年第1輯。
9　于堅《棕皮手記·從隱喻後退》，見《棕皮手記》，上海：東方出版中心1997年版，第247頁。

常常出現罅隙，其理論表述也有本質化的趨向。

「他們」詩人群同「非非主義」詩派有兩點相似之處：對語言自足性的興趣和文化消解的衝動，儘管各自的向度頗為不同。這裡，語言的自足性意味著詩人們不再關注語言之外的現實，甚至不在乎詩是否為詩，而將目光止於語言世界的營造；他們以各種方式進行著語言「幻覺」下「寫作可能性」的探討，將詩歌變成一種「不及物」寫作。不可否認，這些努力在使他們充分領略語言帶給寫作的「自由」和掙脫語言束縛後的快感的同時，也不可避免地因語言「狂歡」導致語言「泡沫」的堆砌，最終使詩歌寫作「蛻變為一種與主體的審美洞察無關的、即興的製作」[10]，從而淹沒了詩歌本身。而他們對文化（歷史、意義）消解的負面影響同樣是明顯的。這種消解式寫作在1990年代的突出承繼者有伊沙（1966-，原名吳文健）、賈薇（1966-）等，伊沙的《車過黃河》、《結結巴巴》、《餓死詩人》曾引起較大爭議，這些詩的戲謔色彩（如《車過黃河》對「黃河」的神聖的消解）和口語風格無疑有著「他們」詩學的印跡。

呂德安（1960-）因許多重要詩作在《他們》上發表而被視為「他們」的成員。他和福州的一些詩人組成「星期五詩群」參加了1986年的詩群大展，由他執筆的「藝術自釋」裡談到了這個詩群（其實也是他本人）的詩歌趣味：「我們把星期五這個大家都清閒的日子命名於詩群。從某種意義上講，這個名稱跟我們寫詩的動機有一定關係，即帶有一種愉快的傾向。這也使我們儘量以平凡而簡潔的態度讓詩歌與生活處於正常的關係中。我們沒有

---

[10] 臧棣《後朦朧詩：作為一種寫作的詩歌》，載《中國詩選》第一輯，成都科技大學出版社1994年版，第350頁。

自稱什麼流派，近乎是為了能更自然地窺視出詩屬於每個人自己的那部分」[11]。呂德安的詩歌多以自然、家園等為主題，有著質樸、單純的品質；他善於借鑒民間謠曲的調式，使其詩顯得舒緩而有韻致：

> 人們早早睡去，讓鹽在窗外撒播氣息
> 從傍晚就在附近海面上的幾盞漁火
> 標記著海底有網，已等待了一千年
> 而茫茫的夜，孩子們長久的啼哭
> 使這裡顯得仿佛沒有大人在關照
>
> ——《沃角的夜和女人》

他這一時期產生了影響的詩作還有《父親和我》、《吉他曲》等。

王寅（1962-）曾在《他們》上頻繁地發表作品，幾乎與《他們》創刊同時，他和孟浪（1961-2018，原名孟俊良）、陳東東（1961-）等創辦《海上》詩刊，以「海上詩群」參加了1986年的詩群大展。王寅無疑是一位迷戀語詞的詩人，在他的詩作中充分顯示了對語詞的信任；他樂於按照自己的習慣遣詞造句，從而形成了某種獨特的構詞法。他往往出人意料地「生造」一些令人耳目一新的詞語組合，其中較多的是5個字的「的」字短語，譬如：「白天的火光，免疫的失落／活著的麵包，活著的清水」（《最近七年》）；「狂亂的理智，痛苦的謙遜／詩歌的樹木，革命的原型」（《當代時光或九月》）等。王寅的詩歌

---

[11] 見徐敬亞等編《中國現代主義詩群大展1986-1988》，上海：同濟大學出版社1988年版，第118頁。

在語詞選取上顯出具象與抽象的兩極：一類是葉子、花朵、微風、雨水、陽光、鳥兒等細碎的自然物象，一類是「風暴」、「淚水」、「命運」、「靈魂」、「黑暗」、「骨頭」等抽象詞彙，這兩種語詞取向體現了王寅詩歌的「旁觀」與「審視」兩種姿式。

曾喊出「連朝霞也是陳腐的」的孟浪，這一時期的詩歌有明顯的超現實主義意味，語詞間的跳躍性很大：「一個蘋果裡的半個夢／造成半個／蘋果。粗鈍的列車切開／整座果園」（《雄辯的過程》），這種超現實主義中卻有鮮明的現實指向和批判色彩；他的《世俗生活：必要的淪陷》一詩似乎隱含著他的詩歌觀：「最後的目的地就是此地。你們／比獸類更饑餓嗎／從你們當中取出的那部分／停頓，在你們身邊／消化。你們使用複雜的胃／趕開的村落，城市／班班駁駁」，其詩中的尖銳與蕪雜共存。

陳東東先後參與了《海上》、《傾向》、《南方詩志》等民刊的創辦，其中《傾向》成為1990年代宣導「知識份子精神」的重要陣地。對於陳東東而言，「寫作作為逃逸的激情，是精神的歷險，可能的白日飛升和從自我向無限展開的翅膀」，「是一種讓靈魂出竅、讓思想高飛、讓漢語脫胎為詩歌音樂的夢幻主義，一種忘我抒寫的煉金術」[12]。在寫作中他十分重視詞語自身的力量，曾坦言：「我真正關心的不是思想，不是通過寫作說出的東西，而是寫作本身，是語言，是語言昇華中詩篇的誕生。我的出發點通常是一個詞、一個語調、靠呼吸把握的一種節奏。對我來

---

[12]　陳東東《明淨的部分‧自序》，長沙：湖南文藝出版社1997年版，第2頁。

說，寫作的迷人之處在於，它是無目的的，漫遊式的，從一個出發點抵達的絕不是終點，而是另一個未曾預料的出發點」[13]。他在《點燈》一詩中表明，他信任語言的命名和凝聚功能：「點燈。當我用手去阻擋北風／當我站到了峽谷之間／我想他們會向我圍攏／會來看我燈一樣的／語言」。陳東東的詩歌主題朝向兩個方面：一是基於語詞的幻景的呈現，一是對他所置身的上海都市景象的冥思。他的詩裡洋溢著詩人鐘鳴所認為的「典型的南方氣質：濕潤，秀雅，細膩，敏感，多疑而不失飄逸」[14]，這些構成了陳東東詩歌的內在質地。他1980年代的詩歌——借用他一部詩集標題裡的一個詞——顯得「明淨」、純粹，具有古典主義的唯美傾向，語詞間滲透著某種音樂性：

> 黑暗中順手拿一件樂器。黑暗裡穩坐
>
> 馬的聲音自盡頭而來
>
> ——《雨中的馬》

進入1990年代以後，他的詩歌寫作沿著長詩《夏之書》（1987年）的路子，開始處理更為駁雜的現實場景，如《解禁書》等。

在詩歌社團活動頗為活躍的上海，一度產生影響的詩歌社團還有「城市詩」派、「撒嬌派」等。「城市詩」派由四位詩人組成：宋琳（1959-）、張小波（1963-）、孫曉剛（1961-）、李彬勇（1962-）。他們參加1986年詩群大展的「藝術自釋」表

---

[13] 陳東東《詞的變奏》「後記」，上海：東方出版中心1997年版。

[14] 鐘鳴《擴散的經驗》，見陳東東詩集《海神的一夜》「代序」，北京：改革出版社1997年版。

述了他們的興趣所在：「1，關注城市文化背景下人的日常心態（包括反常心態），促成了詩與個體生命的對話，容易變得瑣碎或失去崇高。2，藝術地創造『城市人工景象』，使符號呈現新的質感，有可能失去自然的原始親近。3，反抒情和對媒介的不信任，在語言上表現出看上去混亂和無序的狀態」[15]。隨後他們不失時機地推出了詩歌合集《城市人》（1987年）。正如評論家朱大可在為這部詩集所寫的序言裡所描述的：「張小波是頭焦灼咆哮、野性十足的牡狼，宋琳更像踩著無聲肉墊、神情詭秘的哲學狐狸，孫曉剛具有甜媚的貓的習性，李彬勇接近某種鷹隼，長著逃避城市棲息叢林的羽翼和多情的喉嚨」[16]。《中國門牌：1983》、《城市波爾卡》（宋琳）、《鋼鐵啟示錄》、《這麼多雨披》（張小波）、《南方，有一座美麗的城市》、《黑皮膚城市》（孫曉剛）、《城市夜歌》、《東方，一個夏天》（李彬勇）等是他們的代表性作品。

　　「城市詩」派中，宋琳的詩歌一直保持著一種純正、典雅的風格，在一種看似柔和、閒適的抒寫中，蘊含了對當下現實的隱秘的敏感，並顯示了對微小事物的尊崇與悲憫。他於1990年代初出國，由於長期身處異域，宋琳借助一種類似於自我對話的訓練和對寫作本身的專注，在他的詩歌中將流亡轉變為一種漫遊，並伴隨漫遊而衍生了一種「看」的詩學：

---

[15] 見徐敬亞等編《中國現代主義詩群大展1986-1988》，上海：同濟大學出版社1988年版，第390頁。

[16] 朱大可《序：焦灼的一代和城市夢》，見《城市人》，上海：學林出版社1987年版，第2頁。

但你終究是一旁觀者——看

是你介入世界的最佳方式

因為失去了本質關聯的世界

需要你，更快，更勇敢

一個人去構成一片風景

看就是變化。看不見的

成為預感潛入不安的肉體

而不變的是才人代謝的定律

是為永恆而調動的心

同時，他十分重視詩歌的音韻，提出「韻府是記憶的舊花園」的主張，他還呼籲「朝向詞根挖掘」，將探尋目光投向了華夏文明的源頭，試圖從漢語的根性出發拓展詩境，其詩學努力顯得別致而孤絕。

「撒嬌派」參加1986年詩群大展時，發表了一個幽默氣十足的「宣言」：「活在這個世界上，就常常看不慣。看不慣就憤怒，憤怒得死去活來就碰壁。頭破血流，想想別的辦法。光憤怒不行。想超脫又捨不得世界。我們就撒嬌」[17]。這多少顯示了他們的文化姿態和寫作動機。其成員有京不特（1965-，原名馮駿）、默默（1964-，原名朱維國）等，他們的詩歌寫作帶有與其「玩世不恭」的文化姿態相應的嬉戲成分：「瞄準世界嗎／世界是無辜的／它甚至比槍出現得更早」（京不特《瞄準》），可以說是1980年代氛圍的特有產物。

---

[17] 《撒嬌宣言》，見徐敬亞等編《中國現代主義詩群大展1986-1988》，上海：同濟大學出版社1988年版，第175頁。

　　這一時期，值得一提的詩歌社團還有北京的「圓明園詩群」（成員有雪迪、黑大春、殷龍龍等）、杭州的「極端主義」詩群（成員有梁曉明、餘剛等）。雪迪（1957-，原名李冰）的詩歌有嚴謹的句式、冷峻的色調，字裡行間彌漫著深沉的思緒：「你是一個優美的傷口／你是黃昏的鐘／敲響我們的身體／凝集在往日裡的血／穿透疼痛回來」（《雲》）。黑大春（1960-，原名龐春清）看重詩歌的歌唱性，他的為人熟知的《圓明園酒鬼》裡如此吟頌：「這一年我還常常從深夜一直喝到天亮／常常從吧月亮端起來一直喝到吧星星的酒滴喝光／只是，當我望著那根乾枯在瓶中的人參的時候／就好像看到了我那把死後的骨頭」。殷龍龍（1962-）的詩歌有著別致的品質，他似乎屬於那種靠直覺寫作的詩人，當人們讀到他的詩句——「野草漫過人民的腰／只有你的作品廣袤」，無法不為之驚訝、動容。他的詩歌是對日常生活的直陳與敞開：「我的家毫無詩意，／想看看它的樣子嗎？／微胖，邋遢，充滿喧鬧，／簡直是一盤剛炒的麻豆腐」（《暖冬，幾首詩》）；其《單門我含著蜜》一詩更是充滿了自況和自省的直接：「什麼也封不住我的嘴，黃土已上前胸／絲瓜藤，刀，門框，它們掛著情人的耳環」。他曾解釋自己的詩是「喧嘩退盡，露出裡面的沙子、石頭和流水。露出我們與生俱來的疾病」[18]，在他穿梭於歷史與現實敘述的近作《肖家灣的草稿》中，種種奇特的譬喻、充滿直感的意象、錯落的句式以及箴言式的表達隨處可見，堪稱其集大成之作。梁曉明（1963-）善於從日常生活中的細小事物發掘詩的契機，如《各人》：「我們各人

---

[18]　見「結識殷龍龍」，《詩刊》2002年9月下半月刊。

各拿各人的杯子／我們各人各喝各人的茶／……／各人說各人的
事情／各人數各人的手指」。餘剛（1956-）的詩具有「極端主
義」這個名號所暗示的不由分說的「極端」性：「沒有什麼地方
不可以走過去／這就是思想，是飛鳥／掠人之美的聲音」（《我
的話》）。此外，阿吾（1963-，原名戴大魏）等宣導的「不變
形詩」或「反詩」寫作曾產生過一定反響，他們追求詩的「不變
形」和客觀化風格，推出的作品有《相聲專場》、《對一個物體
的描述》等。

第五章

「黑夜意識」
和女性詩歌

　　無論如何，1980年代「女性詩歌」的興起和作為顯著的議題，是與「新生代」（或「第三代」）詩歌的蜂擁而起密不可分的。在一定意義上，正是後者突出的生命意識、自我意識大大地啟發了前者的書寫者——女性——作為個體的性別意識和角色意識。儘管在「朦朧詩」時期，舒婷、王小妮等女性詩人以自身的視角和筆觸，反思了女性在社會和歷史中的處境與命運，但女性個體的真正覺醒只是在幾年後才得以實現。當然，王小妮（1955-）的寫作也許有所不同，她雖然被視為「朦朧詩」人，但她的「印象主義」寫法在同時期詩歌中顯得頗為別致，如《我感到了陽光》：「我不知道還有什麼存在／只有我，靠著陽光／站了十秒鐘」。她後來的詩歌寫作在此基礎上逐漸拓展、潛深以至純熟，不少詩作善於發掘日常生活的詩意，於拙樸中見機智、平淡中見深邃。

　　一般認為，「女性詩歌」作為議題的出現是以翟永明（1955-）的組詩《女人》（1984年）為標誌的。評論家唐曉渡在評析這組詩時指出：就「女性詩歌」而言，「追求個性解放以打破傳統的女性道德規範，擯棄社會所長期分派的某種既定角色，只是其初步的意識形態；回到和深入女性自身，基於獨特的生命體驗所獲具的人性深度而建立起全面的自主自立意識，才是其充分體現。真正的『女性詩歌』不僅意味著對被男性成見所長期遮蔽的別一世界的揭示，而且意味著已成的世界秩序被重新闡釋和重新創造的可能」，「如果說翟永明是通過『創造黑夜』而參與了『女性詩歌』的話，那麼可以期待，『女性詩歌』將通過她而進一步從黑夜走向白晝」[1]。唐曉渡這裡提到的「創造黑

---

[1]　唐曉渡《女性詩歌：從黑夜到白晝——讀翟永明的組詩〈女人〉》，《詩刊》1987年第2期。

夜」，是翟永明在發表《女人》組詩時為之所寫的序言《黑夜的意識》中的關鍵語彙之一。在這篇自我告白式的短文裡，翟永明提出：

> 作為人類的一半，女性從誕生起就面對著一個完全不同的世界，她對這世界最初的一瞥必然帶著自己的情緒和知覺，甚至某種私下反抗的心理。她是否竭盡全力地投射生命去創造一個黑夜？並在各種危機中把世界變形成一顆巨大的靈魂？事實上，每個女人都面對自己的深淵——不斷泯滅和不斷認可的私心痛楚與經驗——遠非每一個人都能抗拒這均衡的磨難直到毀滅。……女性的真正力量就在於既對抗自身命運的暴戾，又服從內心召喚的真實，並在這充滿矛盾的二者之間建立起黑夜的意識。[2]

這一告白意味著，1980年代「女性詩歌」的重要支點是「黑夜的意識」，即一種幽暗的生命意識；詩人們通過它，重新建立起自我與世界的某種關聯：

> 世界闖進了我的身體
> 使我驚慌，使我迷惑，使我感到某種程度的狂喜
> ——翟永明《女人·世界》

---

[2] 翟永明《黑夜的意識》，見吳思敬編選《磁場與魔方——新潮詩論卷》，北京師範大學出版社1993年版，第140~141頁。

在夜晚一切都會成為虛幻的影子
甚至皮膚　血肉和骨骼都是黑色
　　　　　　——唐亞平《黑色沙漠‧黑夜[序詩]》

正是生命意識的覺醒，使得「女性詩歌」首先呈現為一種關於女性自我的袒露與傾訴：

我，一個狂想，充滿深淵的魅力
偶然被你誕生。……
　　　　　　　　——翟永明《女人‧獨白》

你猜我認識的是誰
她是一個，又是許多個
在各個方向突然出現
又瞬間消隱
　　　　　——伊蕾《獨身女人的臥室‧鏡子的魔術》

這種對「鏡子中的我」的自戀式觀看，展現了自我在孤寂中的分崩離析的狀態。

更多時候，「女性詩歌」展現的是女性自己的身體：「我是軟得像水的白色羽毛體」（翟永明《女人‧獨白》；「世界／它的右側驟然動人／身體原來／只是一棟爛房子」（王小妮《半個我正在疼痛》））。自我與身體，其實是「女性詩歌」議題中一而二、二而一的核心。儘管脆弱與短暫，身體仍會被視為女性生命的據點：「我的身體成為世界的依據，有什麼比身體更

可靠呢,有什麼比身體更親近自己和神明呢,我的身體所觸及的每一件事物都啟發我的性靈賦予它血肉,使之成為我身體的延伸……」[3]在那些女性書寫者那裡,身體更靈敏和富於變化:「我身上氣象萬千/摸不準陰晴/一場細雨濕不透心/腋窩裡長出一朵白菌」(唐亞平《身上的天氣》),以至於她們如此喊道:「讓我的靈魂睡去/讓肉體睜大眼睛」(伊蕾《草坡上的小巢》)。不能不說,這是1980年代詩歌場景中的獨特景觀。

對於女性詩人而言,身體的嶄露似乎成了她們書寫自我的最初也是最終的手段:「肉體正是自我撤退中最後的領地。如果說寫作中的女人(尤其是寫詩的女人)比別的女人更容易感到她們的身體,這是因為她們無路可走,此時的欲望是被語言調動起來的,是被編入語言的網路之上,供奉在詞語的聖壇上的」[4];也許,在詩人們看來,只有活生生的身體,只有身體的豐富性、具體性,才成為女性自我書寫的依據:「在每一個靈魂的故事背後,總有一個肉體的故事」,而「詩歌的語言從活人的唇邊滔滔流出,其中必定夾雜著許多特定的方言、俚語、俗語,個人身體的語言或與身體(時空)有關的語言及象徵」[5]。於是,那些女性詩篇中充盈著身體展示的段落:

四肢很長,身材窈窕
臀部緊湊,肩膀斜削

---

[3] 唐亞平《我因為愛你而成為女人·身體》,見唐亞平《黑色沙漠》,瀋陽:春風文藝出版社1997年版,第220頁。

[4] 崔衛平《蘋果上的豹·編選者序》,北京師範大學出版社1993年版,第7頁。

[5] 崔衛平《在詩歌中靈魂用什麼語言說話》,《詩探索》1995年第3輯。

碗狀的乳房輕輕顫動

——伊蕾《獨身女人的臥室·土耳其浴室》

我長久地撫摸那最黑暗的地方
看那裡成為黑色的漩渦

——唐亞平《黑色沙漠·黑色沼澤》

以及具有私密色彩，能夠表達獨有的女性經驗、體現女性特徵的語彙，如「黑夜」、「深淵」、「洞穴」、「房間」、「窗簾」、「睡裙」、「鏡子」等等。

這種情形，大概正應和了當代西方女性主義學者埃·西蘇（Hélene Cixous）的宣導：「婦女必須通過她們的身體來寫作」，「必須把自己寫進本文」，因為「她通過身體把自己的想法物質化了；她用自己的肉體表達自己的思想」[6]。西蘇認為，女性書寫的最終目的，是借助女性身體的靈敏性和變化性，「摧毀隔閡、等級、花言巧語和清規戒律」（這些顯然來自男性），從而「開創一種新的反叛的寫作」。這樣，西蘇為女性寫作設置了一個基本的姿態——反抗；當然這種反抗首先體現為身體的抗爭，亦即站在男性（男權）的對面，通過去掉鐫刻在女性身體上的男性印痕，解除相應的男性目光和話語鉗制，在擺脫後者對女性身體的想像與束縛後，確立女性自我及其話語和句法。

不過，應當指出的是，儘管1980年代「女性詩歌」在對身體的大量展示中，更加看重以女性身體特有的經驗、姿勢和感覺方

---

[6] 埃·西蘇《美杜莎的笑聲》，見張京媛主編《當代女性主義文學批評》，北京大學出版社1992年版，第193~195頁。

式進行書寫，並不具備西蘇宣導的反抗式女性寫作的激烈姿態，但其所蘊涵的女性意識、女性自我確立的籲求，仍然是立足於明晰的性別界限、在抗拒以男性為主體的社會習俗的環繞之際展現的：「對著命運，猶如孩童／對著玩具鏡中的風景／被一隻手操持，陌生而激動」（林雪《紫色》）；不言而喻，其間滲透著某種強烈的被縛感：「我被圍困／就要瘋狂地死去」（伊蕾《被圍困者・主體意識》）。由此一個值得思索的命題是：女性書寫中自我的獲得究竟需要什麼樣的條件——是一種主體身份的自由、平等，還是兩性身體差異、性別差異的抹平？

無可否認，身體的嶄露深刻地影響了女性詩歌的文本構造。那曖昧的怨訴氣息（不同於一般意義的纖弱、細膩之類和人們常提到的「自白」），那奇異而富於想像的幻象，那清脆的語感節奏，那緣自直感的詞語組合，那異彩多樣的調式和風格，使得「女性詩歌」不僅能夠與同時期的男性寫作分庭抗禮，而且也與前輩女性的詩歌區別開來。這裡，雖然不能簡單地將「女性詩歌」視為1980年代文化對抗運動的一部分，但也不必過分強調它們在抵制性別政治方面所作的努力，即它們通過驚世駭俗的身體展示進行反抗的社會含義，而是應從身體凸顯的歷史語境出發，構建包含女性身體特殊經驗方式與獨特文體形態的性別詩學。當然，用身體寫作並非1980年代「女性詩歌」的全部，更緊要的問題或許是，如何站在女性自身的立場，提出並書寫更深的切入人性本身的主題：

從此窗望出去
你知道，應有盡有

無花的樹下，你看看
那群生動的人

把髮辮繞上右鬢的
把頭髮披覆臉頰的
目光板直的、或譏誚的女士
你認認那群人，一個一個

誰曾經是我
誰是我的一天，一個秋天的日子
誰是我的一個春天和幾個春天
誰？誰曾經是我

我們不時地倒向塵埃或奔來奔去
夾著詞典，翻到死亡這一頁
我們剪貼這個詞，刺繡這個字眼
拆開它的九個筆劃又裝上

人們看著這場忙碌
看了幾個世紀了
他們誇我們幹得好，勇敢，鎮定
他們就這樣描述

你認認那群人
誰曾經是我

　　我站在你跟前

　　已洗手不幹

　　　　　　　　——陸憶敏《美國婦女雜誌》

這種帶著特有女性氣息的質詢，體現了前代女性詩歌不曾有的
深切。

　　在1980年代「女性詩歌」中，翟永明的詩顯示了不可替代的
影響力，它們既有對個體經驗的刻骨銘心的抒寫，又超越了狹隘
女性觀念的框限，充滿自我反省的主題有效地為一種富於激情、
靈活多變的語式所傳達；除《女人》之外，她還完成了多部組詩
如《靜安莊》（1985年）、《人生在世》（1986年）、《死亡的
圖案》（1987年）、《稱之為一切》等。伊蕾（1951-2018，原名
孫桂貞）的詩以大膽的自我傾訴而引人矚目，她的《獨身女人的
臥室》（組詩）得到了毀譽參半的評價，她的詩中總是潛隱著一
個男性對話者，在《叛逆的手》、《被圍困者》、《三月的永
生》等詩篇中，她以「叛逆」的姿態、暗含嘲諷的語氣向對話者
進行追問。唐亞平（1962-）因驚世駭俗的組詩《黑色沙漠》引
起反響，這組詩以《黑夜》作為序詩和跋詩，貫穿各個標題「黑
色沼澤」、「黑色眼淚」、「黑色猶豫」、「黑色金子」、「黑
色洞穴」等的「黑色」格外惹人眼目；她在《意外的風景》裡稱
「死亡是我期待已久的禮物」，在《死亡表演》裡將死描述為
「一種欲望一種享受」，滲透著深刻的諷喻。陸憶敏（1962-）
的詩因節制而簡潔、從容，顯出罕見的對語詞的敏感，這與她內
心的敏感是一致的；她曾如此談論自己的詩：「我的詩有的是催
眠式的，娓娓的。有的猶如低聲脅迫，比高聲大嚷更為有力，

更意味深長。有的仿佛站在那裡，用眼睛裡面的黑色（或咖啡色）瞳仁向你微笑；有的則和你很親近，拍拍你的面頰（或肩膀），然後又轉身走掉」[7]，代表性作品有《美國婦女雜誌》、《Sylvia Plath》、《出梅入夏》、《溫柔地死在本城》等。童蔚（1956-）的詩有一種童稚的夢幻感和某種不易覺察的尖銳，她的小型組詩《夜曲》中有這樣的句子：「夜，漫步白髮的天空／更嘹亮，走在它的心弦上／／猶如心尖上，琴弓／裝入蒼老的琴箱」，給人如夢似幻的感覺。林雪（1962-）的詩以凝練的文字、充滿奇詭的想像和新異的暗喻而獨具魅力，不時閃現一些令人驚豔的片段：「這個夏夜不可名狀。我頹然倒下／與你並肩獨特的姿勢／在一種幻覺裡時時改變／……／她下樓的第一步就急遽地老去／她的嫁衣如焦脆的葉子破碎／愛她的人無計可施」（《渴睡》）。

　　進入1990年代以後，曾經套在「女性詩歌」之上的種種標籤式光環淡去了，一種試圖超越性別的趨向閃現於此際的女性詩歌寫作中。翟永明坦陳：「從表面看，我試圖在每一組組詩或長詩之間形成一種張力，在詞語與詞語之間，在材料與主題之間尋找新的衝突，我毫不懷疑我獲得作品中表達出來的幻想力，與個人經驗相契合的能力，我可以把這種能力用到底……但長期以來潛伏在我寫作中的疑惑恰恰來自《女人》的完成以及『完成之後又怎樣？』的反躬自問。我逐漸開始意識到一種固有語彙於我的危險性」；她自認為「完成了久已期待的語言的轉換」，「帶走了我過去寫作中受普拉斯影響而強調的自白語調，而帶來了一種新

---

[7]　見唐曉渡、王家新編選《中國當代實驗詩選》，瀋陽：春風文藝出版社1987年版，第74頁。

的細微而平淡的敘說風格」[8]。

1980年代女性詩歌的重要詩人王小妮，90年代之後的寫作越來越堅實、開闊與豐厚。她對詩歌有過如此體認：「我想我自己的詩應該走這樣的路：一個是語言返回自然，用大量的口語入詩；還有一個是追求意象的直覺感，也就是可見性；另外就是結構上的，反對矯揉造作，尋求意識的近於原始性的流露，最後就是加強詩的內在容量，加強詩的凝固性、濃縮性」[9]。多年以後，她仍然堅持相似的看法：「詩人應該以潛在的個體意識吸納萬物。詩人必須小心地釋放自己。我一直主張詩的自然與流暢，在最平實的語言中含著靈魂的翅膀，是一個詩人自有的空間」[10]。不過，與她早期（「朦朧詩」時期）詩歌中的「印象主義」寫法相比，王小妮90年代的寫作出現了不小的變化，確如有論者所描述的：「王小妮的詩歌修辭一方面致力於對詞語與事物的去象徵化，另一方面又力圖使去象徵的詞與物重新變成隱喻」[11]。她善於將一種對日常事物的直感轉化為沉潛的內心思辨，詩情飽滿、境界寬闊，於拙樸的表達中見機智，看似平淡的語詞不失深邃與銳利：

這是多麼讓人驚訝的早晨
我同時看見兩個我。

8 瞿永明《〈咖啡館之歌〉以及以後》，見《紙上建築》，上海：東方出版中心1997年版，第203、204頁。
9 見《請聽聽我們的聲音——青年詩人筆談》，《詩探索》1980年第1輯。
10 王小妮《詩人必須小心地釋放自己》，見《光芒湧入：首屆新詩界國際詩歌獎獲獎特輯》，北京：新世界出版社2004年版，第391頁。
11 耿占春《失去象徵的世界》，《新詩評論》2005年第1輯。

窗外的魚們都是柔軟的一體

連衣襟都用扣子相連。

但是

我是剛被剖開的流水的石榴。

　　　　　　　——《我沒有說我要醒來》

她這一時期的幾個組詩《會見一個沒有了眼睛的歌手》、《和爸爸說話》、《我看見大風雪》等均為極見功力之作。

　　1990年代之後，本來不以凸顯性別意識為目的的馮晏（1960-），其寫作的意義逐漸顯現出來，她的詩歌具有濃厚的哲學意味：「你思維的軌跡，猶如／成群螞蟻爬過的／白色細沙，驚人的密紋／足夠我用破解密碼的焦慮／去觀察一生的」（《複雜的風景——致維特根斯坦》）；在更為年輕的女性詩人中，代薇（1964-）擅於刻寫瞬間的微妙感受：「當我寫下『鳥巢』／裡面的鳥群驚飛了／／當我寫下『火』／這頁紙已不存在／／當我寫下『黑暗』／它其實已經被照亮／／當我寫下『永恆』／我就是在目睹鑽石的溶化」（《隨手寫下》）；池凌雲（1966-）的冷峭的詩句中蘊含著關於生命的疼痛體驗：「此刻，奔湧的大海／正回到一滴安靜的水。／沒有一首歌屬於我！／／它的心空懸／深藍色的囊讓它看上去更美。／沒有一首歌屬於我」（《歌》）；丁麗英（1966-）對世相的洞察中暗含著諷喻的語調：「它們成群結隊地低空飛行，／撞擊著我的腰，我的胸脯。／／這美麗的災難信使比惡夢早，／比疼痛早，送還了我的警惕。／／我的驚訝像一陣風把自己吹浮起來，／四處張望，尋求著落地——一塊突出的安撫的岩石——」（《蜻蜓》）；魯

西西（1966-，原名魯溪）從近乎神性的維度寫出了細密的人性奧秘：「喜悅漫過我的腳尖，腳背，腳後跟，它們克制著，／不蹦，也不跳，只是微微親近了一下左邊，／又親近了一下右邊」（《喜悅》）；千葉（1968-，原名董紅波）的詩行間有一種不動聲色的銳利：「古老的簧火搏鬥於溫情／燒焦的檪樹葉歸於安眠／隱於一滴疲倦的淚，那水晶球／無比興奮，用我們的肢體／拼成羞怯的圖景」（《章魚的大海》）；周瓚（1968-，原名周亞琴）以語感的克制獲取詩意呈現的平衡：「而幾乎和蝴蝶一樣，那靈敏而閃忽的心靈／迴旋著落入你的手掌，被你握住／又瞬息間消融在你的掌心」（《白日夢》）。這些寫作呈現了當代女性詩歌的新的面貌。

第六章

轉型期的詩歌場域

　　1980年代後期至1990年代初是中國詩歌的轉型期。1989年3月，年僅25歲的詩人海子（1964-1989，原名查海生）在山海關臥軌自殺，隨後不久28歲的詩人駱一禾（1961-1989）病逝；兩年後的秋天，同樣年輕的詩人戈麥（1967-1991，原名褚福軍）自沉於北京西郊的萬泉河，成為又一位「殉詩」者。在此，「詩人之死」無疑成為一種象徵，不僅意味著詩歌和詩人在急劇變化的社會文化中的命運與處境，而且預示著中國詩歌內部也已經出現了某種轉變。

　　海子離世後，他的詩友西川如此評價海子：「單純、敏銳，富於創造性；同時急躁，易於受到傷害，迷戀於荒涼的泥土，他所關心和堅信的是那些正在消亡而又必將在永恆的高度放射金輝的事物」[1]。的確，海子是一位有著宏大抱負的詩人，他想學習但丁「將中世紀經院哲學體系和民間信仰，傳統和文獻，祖國與個人的憂患以及新時代的曙光——將這些原始材料化為詩」；他聲稱：「我的詩歌理想是在中國成就一種偉大的集體的詩……只想融合中國的行動成就一種民族和人類的結合，詩和真理合一的大詩」，「偉大的詩歌，不是感性的詩歌，也不是抒情的詩歌，不是原始材料的片斷流動，而是主體人類在某一瞬間突入自身的宏偉——是主體人類在原始力量中的一次性詩歌行動」[2]。海子關於「詩歌行動」的說法得到了駱一禾的認同，他認為：「帶有靈性敏悟的詩歌創作，是一個比極易說得無以復加的宣言更為緩

---

[1]　西川《懷念》，見周俊、張維編《海子、駱一禾作品集》，南京：南京出版社1991年版，第308頁。

[2]　海子《詩學：一份提綱》，見《海子詩全編》，上海三聯書店1997年版，第898頁。

慢的運作，在天分的一閃鑄成的藝術整體的過程中，它與整個精神質地有一種命定般的血色，創作是在一種比設想更艱巨的、緩慢的速度中進行的」[3]。駱一禾追求的是一種寬廣的詩歌，他堅持詩的精神高度，要求詩歌保持對「宇宙大真理和萬物之美」的執著探尋。海子、駱一禾對詩歌的嚴肅、莊重的態度，在處於轉型期的中國詩界顯得孤絕、悲壯。

正如駱一禾所說，海子「錘煉了從謠曲、咒語到箴言、律令的多種詩歌語體的寫作經驗」[4]，這使得海子的短詩具有明朗、純淨、富於想像力等特點，長詩顯得結構巨集闊、意象蕪雜。海子一生創作了300餘首抒情詩和《土地》、《彌賽亞》、《遺址》三部長詩，以及詩劇《太陽》等數百萬文字。海子的詩裡貫注了某種似乎與生俱來的純真品性，帶著這份純真的激情，他盡情地歌頌麥子、土地和陽光：「麥地／別人看見你／覺得你美麗，溫暖／我則站在你痛苦質問的中心／被你灼傷／我站在太陽　痛苦的芒上」（《答覆》）；「陽光打在地上，陽光依然打在地上」（《歌：陽光打在地上》）；也是帶著這份純真，海子走向了他的歸宿：「死亡之馬啊，永生之馬，馬低垂著耳朵／像是用嘴在喊著我——那傳遍天堂的名字」《土地》）；有時，這純真裡浸透著宿命的悲哀：「亞洲銅，亞洲銅／祖父死在這裡，父親死在這裡，我也會死在這裡／你是唯一的一塊埋人的地方」（《亞洲銅》）。在一首《思念前生》的詩中，海子進入了如同

---

[3]　駱一禾《美神》，見《駱一禾詩全編》，上海三聯書店1997年版，第840頁。

[4]　駱一禾《衝擊極限——我心中的海子》，見《駱一禾詩全編》，上海三聯書店1997年版，第858頁。

莊子的恍惚境界：「莊子在水中洗手／洗完了手，手掌上一片寂靜／莊子在水中洗身／身子是一匹布／那布上沾滿了／水面上漂來漂去的聲音」。他的詩裡總是充滿了這樣的憂鬱的夢幻氣息：「遠方只有在死亡中凝聚野花一片／明月如鏡　高懸草原　映照千年歲月／我的琴聲嗚咽　淚水全無／隻身打馬過草原」（《九月》）。海子的抒情短詩是屬於歌唱型的，他善於有效地吸納謠曲的調子和節奏，在自己的詩中發展了一種輕快的飛升的音調和一種直接的箴言般的語式：

　　在春天，野蠻而悲傷的海子

　　就剩下這一個，最後一個

　　這是一個黑夜的孩子，沉浸於冬天，傾心死亡

　　不能自拔，熱愛著空虛而寒冷的鄉村

　　　　　　　　　　　　——《春天，十個海子》

　　同海子一樣，駱一禾也傾心致力於長詩的寫作，先後完成了《世界的血》、《大海》兩部長詩。與海子的熱烈相比，駱一禾是理性、沉靜的，雖然他的不少詩顯出雄偉、壯闊的氣勢：「風中，我看見一付爪子／站在土中，是／黑豹。摁著飛走的泥土，是樹根／是黑豹。泥土濕潤／是最後一種觸覺／是潛在烏木上的黑豹，是／一路平安的弦子／捆綁在暴力身上／是它的眼睛諦視著晶瑩的武器」（《黑豹》）。駱一禾有著深廣的對於生命、歷史、文化、語言的洞見，他看重詩的「高邁、寬闊」（洪子誠語）和純正的品性，提出了「修遠」這一接續著中國古代士大夫（比如屈原）氣質的詩藝主張：「觸及肝臟的詩句　詩的／那沸

騰的血食／是這樣的道路。是修遠／使血流充沛了萬馬，傾注在一人內部／這個人從我邁上了道路／他是被平地拔出」（《修遠》）。

在駱一禾的生命、文化觀念裡，有一種明顯的「大黃昏」意識：「我感受吾人正生活於大黃昏之中，所做的乃是紅月亮流著太陽的血，是春之五月的血，不管怎樣，封建構架於我的精神上束縛最小，你我並非龍的傳人，而是獲得某種個體自由的單子，吾人的力量有限，如初遊的蝌蚪，但活潑潑的生命正屬我身，這也是我們所能依憑的唯一的東西」[5]。這「大黃昏」裡包含了駱一禾深重的文化關懷：

> 哦　黃昏抵在胸口上
>
> 積雪在長風裡
>
> 衰落著光
>
> 我的心在深淵裡沉重地上升著
>
> 好像一隻
>
> 太大的鳥兒
>
> ──《大黃昏》

令人惋惜的是，駱一禾的「修遠」理想因他的英年早逝，加上時代轉型的滾滾洪流，而被迫終止，逐漸煙消雲散。

更為年輕的詩人戈麥，他的很多詩篇，體現了一個敏感的寫作者所感受到的時代急劇變化給人帶來的驚悸與不安。可以說，

---

[5]　駱一禾《水上的弦子》，見《駱一禾詩全編》，上海三聯書店1997年版，第830頁。

戈麥以一種細膩的、極具直覺的筆觸，寫出了時代轉型期的某種心理陣痛或內心的無邊沉痛，一定程度上契合了詩人歐陽江河在稍後的一篇文章裡所說的，那種疼痛讓「任何來自寫作的抵銷都顯得不足輕重」[6]。不過值得注意的是，戈麥對於時代之痛的書寫不是直接的，而是將那種痛感轉換為一種個人的內在體驗，以個人化的視角展現出來，給人的感覺是那麼真切而有力。戈麥的詩歌既植根於80年代的社會現實，又有一種於時代變動中朝向90年代的渴盼與預期，那個時期社會文化的許多深刻變化，都隱然在戈麥的詩歌中留下了印痕：

> 要是我們能用年輕的巨布蒙住這匹
> 日夜奔向大海的馬的眼睛，它一定會
> 安詳地躍入這片無聲無息的海洋
> 我們密緻的皺紋是大海激起的波浪
>
> 要是我們能把一生中所有的過失
> 都分割成一小段、一小段的電影片子
> 其中一定會有一條耀眼的線索，那就是我們的
> 年齡，它緊緊地繫住我們所有錯誤的開始
>
> ——《我們日趨漸老的年齡》

此外，同樣英年早逝的詩人胡寬（1952-1995），經過大量

---

[6] 歐陽江河《1989年後國內詩歌寫作：本土氣質、中年特徵與知識份子身份》，初載《南方詩志》1993年夏季號，後載《花城》1994年第5期，引自《站在虛構這邊》，北京：三聯書店2001年版，第51頁。

隱秘的具有探索意識的寫作之後，也在此際以一種尖利的筆觸，寫出了於時代轉換語境中感受到的無以名狀的「驚厥」：「你是我的賭注我的幻覺，你是一口光明的／陷阱，一具神聖的遺骸，／是我眼中至高無上的永恆天穹，我魂靈／的依附品，生命的傀儡」（《生命裡不允許雜質混跡其中》），以此磨礪、觸探著人們的靈魂。

在一首寫於1990年代初的短詩《樓梯上》中，詩人朱朱以簡潔的筆法寫道：

> 此刻樓梯上的男人數不勝數
> 上樓，黑暗中已有蕭邦。
> 下樓，在人群中孤寂地死亡。

這首詩中的「樓梯」是一個界標：既區分了兩種相對的人生狀態，又作為隱形的界限劃開了兩個年代。在1990年代初中國社會生活進入全面轉型的歷史氛圍中，不僅詩人，而且整個文學界、知識界，都處於一種令人尷尬的「樓梯上」的境地：是向上領略「黑暗中的蕭邦」，還是「在人群中孤寂地死亡」？這成了一個無法回避的「to be，or not to be」的懸問。確如詩論家陳超所表述的：「從生命的源始到天空的旅程，就建置在不是『向前』而是『向上』的詩歌『橋樑』上」，「在危險的生存向『下』的黑色渦流裡，詩歌就充任了向『上』拔的力量」[7]。這

---

[7]　陳超《從生命源始到天空的旅程》，見《生命詩學論稿》，石家莊：河北教育出版社1994年版，第2頁以下。

一時期，在一定程度上能夠標識中國詩歌轉向的重要文本如《帕斯捷爾納克》（王家新）、《傍晚穿過廣場》（歐陽江河）等相繼發表，它們折射了這個年代「終於能按照自己的內心寫作了／卻不能按一個人的內心生活」的整體時代情境和寫作本身的根本境遇，彰顯了詩人們充滿憂思而不無決絕地向歷史告別的心境：

永遠消失了——
一個青春期的、初戀的、佈滿粉刺的廣場。
一個從未在帳單和死亡通知書上出現的廣場。

——《傍晚穿過廣場》

這不僅是向作為歷史、人生時段的「青春期」告別，而且試圖向詩歌寫作的「青春期」告別。

這些悄然出現的詩篇，暗示著這一時期詩歌的某種潛在變化，它們為後繼的寫作開闢了一條新路向，即語詞對於時代的穿越和介入。有別於1980年代中期民刊蜂起的情形，此際詩人們自發印製詩歌刊物是在一種靜悄悄的狀態下進行的，其中產生了重要影響的有：芒克、唐曉渡等發起、創辦的大型詩刊《現代漢詩》，王強等主辦的《大騷動》詩刊，阿吾主持的《尺度》，臧棣、西渡、戈麥等創辦的《發現》，何首烏主編的《中外詩星》，車前子等編的《原樣》等[8]。值得關注的是沉寂多年的《今天》在海外復刊。這些民刊展示了詩歌刊物的新景象，與1980年代中期民刊蜂起的情形形成了既承續又相異的關係，前者

8　劉福春《新詩記事》，北京：學苑出版社2004年版，第485頁以下。

以堅實的面目袪除了後者的浮泛形象。創刊於1984年的民刊《海上》在1990年出版了終刊號，這是一期「保衛詩歌」的專號，扉頁引用了德語詩人里爾克的句子：「哪有什麼勝利可言，挺住就是一切！」詩人西渡後來在回顧《發現》的創辦時說，當時「大家面臨著一個緊迫的選擇：是繼續詩歌探索還是就此放棄？」[9]。對於中國詩人來說，「to be，or not to be」最終具體化為「去成為，還是不去成為」的自我追問。

　　毫無疑問，中國詩歌面臨著一次結束與開始。1991年5月，一場名為「1991：中國現代詩的命運與前途」、被稱作1990年代首次重要會議的詩歌討論會在北京大學舉行。在會上，謝冕的《蒼茫時分的隨想》、孫玉石的《寂寞和突破的時刻》等發言給人留下了很深的印象，老詩人牛漢也激動地宣稱中國詩歌已進入「最偉大的時刻」。他們的發言鮮明地體現了某種轉換「時刻」的意識。謝冕的發言和次年他為香港某詩刊所寫的專論《中國迴圈——結束或開始》，都談到了「現代詩的自我調整」問題。謝冕認為：「要是說目前我們正在從一個結束走向一個開始，這個開始可能就是由熱情向著冷靜，由紛亂向著理性的詩的自我調整」；「轉換的局面無可挽回地到來了。……我們看到所謂的理想主義創作，其間浪漫激情的重現，因現實苦難的嵌入而變得更為輝煌。它因富有現世的投入精神，而使那些理想增添了沉重感。詩在以往十年的藝術回歸基點上切入人生。它所呈現的人生圖景驚心動魄」[10]。這樣的概括基本上是符合當時詩歌實際的。

9　西渡《發現詩歌——發現詩社簡介》，《發現》第4期（2003年）。

10　謝冕《中國迴圈——結束或開始》，見《中國詩選》總1期，成都科技大學出版社1994年版，第292頁、296頁。

　　值得注意的是這時期還有一些關於詩歌發展的特別聲音發出。如1940年代富有詩名的老詩人鄭敏（1920- ），1980年代後的詩歌創作極具穿透力，此際她寫出了給人印象深刻的大型組詩《詩人與死》，該詩通過對死亡、時間的形而上沉思與追問，發出了「你的最後沉寂／你無聲的極光／比我們更自由地嬉戲」這一混合著憤懑與詛咒的歡詠。與此同時她還提出了新詩「漢語性」，雖然也引起了一定的反響，但因缺乏與90年代詩歌氛圍的共振，並沒有對寫作實踐產生實質性影響。鄭敏提出新詩的「漢語性」既有1990年代文化保守主義的背景，又借助了西方「後現代」理論（如德里達）的某些資源[11]。她先後發表論文《世紀末的回顧：漢語語言變革與中國新詩創作》[12]以及《漢字與解構閱讀》、《中國詩歌的古典與現代》、《語言觀念必須革新》、《解構思維與文化傳統》等論文，表述了其鮮明的漢語言本位立場，力圖發掘作為一種文化、哲學巨大載體的漢語言自身的蘊含，並由此為新詩找到一種開放的、具有無窮活力的語言；鄭敏呼籲：「詩人們在下一個世紀需要做的是如何從幾千年的母語中尋求現代漢語的生長素，促使我們早日有一種當代漢語詩歌語言，它必須能夠承受高度濃縮和高強度的詩歌內容」[13]。應該說，重提新詩與古典的關係不乏合理之處，但在90年代詩歌語境裡，這一倡議很難得到真正的回應。[14]

---

[11] 趙毅衡《「後學」與中國新保守主義》，《二十一世紀》1995年2月號。

[12] 載《文學評論》1993年第3期。

[13] 鄭敏《試論漢詩的傳統藝術特點》，《文藝研究》1998年第4期。

[14] 這裡或可一提的是當代臺灣新詩與古典的錯雜關聯（參閱拙作《對「古典」的挪用、轉化與重置──當代臺灣新詩語言的重要維度》，《江漢大學學報》2009年第4期），還有大陸「新鄉土詩」的某些取向，如匡國

　　不難看到，進入1990年代以後，中國社會文化的全面轉型，一方面加快了詩歌的破碎性質，另一方面也驅散了1980年代詩派雜陳的虛浮性和隱含的「對抗」色彩，使詩歌呈現出新的景象。喧囂與沉寂，這既是中國詩歌在1990年代的存在狀況，又是其所置身的生態環境：在熱鬧的市場化機制中迅速建立起來的商業主義和大眾文化，極大地衝擊著詩歌創作和詩人的生存，「邊緣化」是此際關於詩歌的最顯要話題。或許應該說，「邊緣」恰恰是詩歌必然所處的位置。

　　正如歐陽江河所描述的，1990年代後，「詩歌寫作的某個階段已大致結束了。許多作品失效了」，這突出地表現為：「那種主要源於烏托邦式的家園、源於土地親緣關係和收穫儀式、具有典型的前工業時代人文特徵、主要從原始天賦和懷鄉病衝動汲取主題的鄉村知識份子寫作此後將難以為繼。與此相對的城市平民口語詩的寫作，以及可以統稱為反詩歌的種種花樣翻新的波普寫作……被限制在過於狹窄的理解範圍內的純詩寫作──所有這些以往的寫作大多失效了」；而那種「在人們心靈上喚起了一種絕對的寂靜和渾然無告」，使得「任何來自寫作的抵銷都顯得不足輕重」[15]，正是1990年代詩歌面臨的境遇。

　　由於歷史語境的遷變，中國詩歌在1990年代以後的狀況同1980年代相比，已經發生了不小的變化。其中一個最顯著的變化，就是詩歌在整個社會文化中的功能和位置的轉變：在1980年

泰的《一天》。
[15] 歐陽江河《1989年後國內詩歌寫作：本土氣質、中年特徵與知識份子身份》，引自《站在虛構這邊》，北京：三聯書店2001年版，第49、50、51頁。

代，詩歌很大程度上參與了那個年代文化氛圍的營造（那些充滿激情的書寫與當時的理想主義文化氛圍和審美主義文化觀念是合拍的），甚至一度處於社會文化矚目的「中心」；而進入1990年代後，詩歌與社會文化的關係開始變得若即若離，直至全然退出後者的關注而居於某種「邊緣」的位置，其曾經受到「追捧」的「熱鬧」場面一去不返，所謂「中心」位置也漸漸被其他文化力量（如影像）所取代。儘管有人說，在當前的各種文化文本中詩性（詩意）的元素無所不在，但在很多情形下詩歌僅僅是作為其他文化景觀的點綴或裝飾而被徵用的，它的面目其實已被分割得支離破碎。倘若說，中國詩歌在1980年代因文化對抗的張力（詩歌對舊的意識形態壓迫和文化消極勢力的「反抗」，以及詩歌內部變革所進行的詩學「反叛」）而充滿活力，那麼在1990年代，這種文化對抗的格局已經趨於瓦解，詩歌實際上失去了反抗的對象（或者說太多對象）而陷入「無物之陣」。可以認為，1990年代以來的中國詩歌正在經歷著一種陣痛，一種陣痛中的調整和蓄積，詩人們以巨大韌性的探索與堅實的成績促動詩藝的全面進展。[16]

---

[16] 關於1990年代詩歌的更為深入、詳備的討論，可參閱筆者為《中國新詩總系（1989-2000）》所寫的導言《雜語共生與未竟的轉型：90年代詩歌》，北京：人民文學出版社2010年版。

第七章

——

1990年代的
「中年寫作」

我們可以用「中年寫作」描述或指認1990年代部分詩人創作的特徵。其實，「中年寫作」不是一個新概念，它早在1940年代就由聞一多提出，後被朱自清用來稱譽馮至《十四行集》所蘊涵的哲理特徵，朱自清認為，「聞一多先生說我們的新詩好像盡是些青年，也得有一些中年才好。馮先生這一集大概可以算是中年了」[1]。這裡的「中年」意味著某種成穩和成熟，它是經過了青春期的浪漫和狂熱後，邁向更高境界的自然過渡，這種成熟的獲得必定經受了艱辛的訓練和堅韌的鍛造。

當1990年代一些詩人鄭重提出「中年寫作」的議題時，也正是在同樣的意義上使用和解釋這一語詞的，並逐漸成為1990年代詩歌的自我確認。一般認為，這個議題在1990年代的重提，首見於蕭開愚在民刊《大河》上發表的一篇短文《抑制、減速、開闊的中年》，由此詩人們判斷：「我們已經從青春期寫作進入了中年寫作」。在這些詩人的表述中，「中年寫作與羅蘭‧巴特所說的寫作的秋天狀態極其相似：寫作者的心情在累累果實與遲暮秋風之間、在已逝之物與將逝之物之間、在深信和質疑之間、在關於責任的關係神話和關於自由的個人神話之間、在詞與物的廣泛聯繫和精緻考究的幽獨行文之間轉換不已」[2]。顯然，在這些詩人那裡，「中年寫作」指向的並非某一年齡或時段，而是某種寫作心境和態度，在這種心境下的寫作不僅依靠激情和才華，而且更加依靠「對激情的控制」，依靠「綜合的有效才能」、「理性

---

[1] 朱自清《詩與哲理》，見《新詩雜話》，北京：三聯書店1984年版，第27頁。

[2] 歐陽江河《1989年後國內詩歌寫作：本土氣質、中年特徵與知識份子身份》，見《站在虛構這邊》，北京：三聯書店2001年版，第56頁。

所包含的知識」和「寫作積累的經驗」[3]。這意味著1990年代詩歌寫作已經不再是1980年代那種即興隨意的塗抹，或青春衝動的發洩，而成為有自覺意識的、經過深思熟慮的行為，它是一個「比慢」（王家新語）的長期的過程，從而要求一種沉靜、深邃的心境和執著、專注的態度。

　　這一時期，與「中年寫作」相關聯的議題還有「知識份子寫作」、「個人寫作」、「敘事」、「反諷」、「中國話語場」等。其中，「知識份子寫作」關涉詩人們對「知識份子精神」的體認，他們認為，「如何使我們的寫作成為一種與時代的巨大要求相稱的承擔，如何重獲一種面對現實、處理現實的能力和品格，這是我們在今天不得不考慮的問題」[4]；而「敘事」被認為是1990年代詩歌的另一重要特徵，是詩歌觀念和技法發生重大轉變的突出表現。參與「中年寫作」等議題的討論，或作品中顯出「中年寫作」、「敘事」等特徵的詩人，包括歐陽江河、孫文波、蕭開愚、王家新、西川、張曙光等。

　　作為一位穿越了1980年代和1990年代的詩人，王家新（1957- ）一直是這個時代的詩的「守望」者，他的音色帶著這個時代特有的沉鬱，以及時代變遷所造成的精神震盪。他聲稱，「無論生活怎樣變化，我仍要求我的詩中永遠有某種明亮：這即是我的時代，我忠實於它」[5]。因此，王家新詩歌的顯要特點之

---

[3]　孫文波語，見王家新、孫文波編《中國詩歌：九十年代備忘錄》，北京：人民文學出版社2000年版，第398頁。

[4]　王家新《闡釋之外：當代詩學的一種話語分析》，《文學評論》1997年第2期。

[5]　王家新《詞語（詩片斷系列）》，見《王家新的詩》，北京：人民文學出版社2001年版。

一，便是鮮明地體現了一個時代詩歌所必需的質素，或者某種偉大傳統：對時代的詩意關注與抒寫。在他寫於1990年代初的《守望》、《轉變》等詩篇中，這種執守堅卓的姿態清晰可辨。1990年代初對於王家新而言是一個重要的轉捩點，和一個過渡的仲介點，1980年代的《預感》、《練習曲》等篇什，和1990年代中後期的《倫敦隨筆》、《尤金，雪》、《旅行者》、《回答》等詩章，都與這一仲介點銜接而連成了一條清晰的線索：貫穿於其中的，是那種變化中的詩歌精神的「明亮」。在這些詩作中，他的內心始終經歷著掙扎與辯駁的焦灼，並閃現出一個沉默、堅毅的跋涉者的身影，那似乎是詩人的另一個自我——就這樣，王家新「在生與死的風景中旅行」，現實的風霜雨雪和時代的風雲變幻，為他的寫作提供了有力的精神支撐或「理由」：

> ……另一個仍在街上走著
> 沒有他，雨聲不會響起
> 而雙手不會伸向稿紙
> 我不會寫下這痛苦的詩句
>
> ——《練習曲》

這些穿過精神煉獄的詩句必然是「痛苦的」，詩人卻由此獲得了決斷的勇氣：

> 把自己穩住，是到了在風中堅持
> 或徹底放棄的時候了
>
> ——《轉變》

　　在王家新詩歌中，最具代表性、最深刻地書寫了時代的精神苦痛的，還是與《轉變》同一時期的《瓦雷金諾敘事曲》、《帕斯捷爾納克》這兩首姊妹篇。前一首詩裡的「蠟燭在燃燒／我們怎能寫作？／當語言無法分擔事物的沉重，／當我們永遠也說不清……」和後一首詩裡的「這就是你，從一次次劫難裡你找到我／檢驗我，使我的生命驟然疼痛」，都極為真切地展現了變換時代的詩歌寫作與時代境遇的關係，其強烈的受難感和某種無以名狀的悲情，具有震撼人心的精神深度和強度。在這兩首獻給同一位異域詩人的詩中，王家新將筆觸伸入到那位詩人所生存的時代的底部，探詢了嚴峻時代詩歌寫作的依據，那就是：「忍受更瘋狂的風雪撲打」，「把苦難轉變為音樂」；而「你的嘴角更加緘默」，則加強了他的《練習曲》等以來那種命運的厚重感。與其說這是向「大師」致敬的詩，不如說王家新從他所觀照的對象身上找到了某種契機，在其間他得以就歷史重壓下的詩歌使命和時代的精神處境，作出更為本質的思考。可以看到，從寫作《守望》、《帕斯捷爾納克》等詩開始甚至更早，王家新已經有意識地把整個歷史、時代乃至人類文明的主題，納入他的思考和透視的範圍。正是在這一深遠廣闊的背景下，王家新力求把握他的詩歌寫作的可能性，其詩思的意緒反復指向了詩歌與時代的關係這一主題。

　　西川（1963-，原名劉軍）在寫詩之初與海子、駱一禾交往甚密，三人在詩歌觀念上曾相互影響。在參加1986年中國現代主義詩群大展時，西川獨創「西川體」並自認「新古典主義又一派」[6]。對不可見、「神秘」事物的好奇和敬畏，貫穿於西川早

6　見徐敬亞等編《中國現代主義詩群大展1986-1988》，上海：同濟大學出版社1988年版，第361頁。

年和晚近的詩篇，且成為他詩歌中的持續主題。他早年的詩善於處理自然、愛情、體驗等素材，在詩藝上追求一種「詩歌煉金術」，顯得凝練、純淨。在受到廣泛傳閱的《在哈爾蓋仰望星空》這首短詩中，西川借助於「眺望星空」這一人類的認知發展過程中富有象徵意味的舉動，以精細的筆觸描述了某種「無法駕馭」的「神秘」帶給他的內心震顫：「風吹著空曠的夜也吹著我／風吹著未來也吹著過去／我成為某個人，某間／點著油燈的陋室／而這陋室冰涼的屋頂／被群星的億萬隻腳踩成祭壇／我像一個領取聖餐的孩子／放大了膽子，但屏住呼吸」。在此，他既要拉開同「神秘」事物的距離，又試圖與之保持某種關聯。在另一首短詩《起風》中，對「神秘」的感知是與某種生存狀態聯繫在一起的：

> 起風以前穿過樹林的人
> 是沒有記憶的人
> 一個遁世者

其中還暗含著他對玄遠哲思的迷戀。

進入1990年代以後，西川的詩歌寫作出現了顯著變化。他提出：「文學並非生活的直接複述，而應在質地上得以與生活相對稱、相較量。……在抒情性的、單向度的、歌唱性的詩歌中，異質事物互破或相互進入不可能實現。既然詩歌必須向世界敞開，那麼經驗、矛盾、悖論、噩夢，必須找到一種能夠承擔反諷的表現方式，這樣，歌唱的詩歌必須向敘事的詩歌過渡」[7]；「詩歌

7　西川《大意如此・自序》，長沙：湖南文藝出版社1997年版，第2頁。

語言的大門必須打開，而這打開了語言大門的詩歌是人道的詩歌、容留的詩歌、不潔的詩歌，是偏離詩歌的詩歌」[8]。這無疑是一種自我修正。在西川的跨越兩個年代完成的《回答啟明星（90斷章）》和規模較大的組詩《匯合》就已經顯示了某種變化的跡象，真正實現這種轉變的標誌是長詩《致敬》（1992年）。由此，他的詩歌「從具有唯美氣質的高蹈抒情，轉向一種包容複雜異質性成分的綜合技藝，從結構的整飭轉向結構的瓦解」[9]。《致敬》所包含的混雜語言，和表現出的對固有詩歌形式的突破，的確具有革新意義。他相繼完成的長詩《芳名》、《厄運》、《近景與遠景》等，延續了這樣的寫作思路。不過，可以發現，西川早年詩歌的「箴言」語式和造句習慣在上述詩篇中並未徹底改變。

歐陽江河（1956-，原名江河）、孫文波（1956-）和蕭開愚（1960-）同為四川詩人，雖然他們程度不一地參與了1980年代巴蜀詩歌群落的某些活動，但其詩歌成就主要體現在1990年代的寫作中。歐陽江河完成於1980年代中期的長詩《懸棺》，承續的是楊煉等人「現代史詩」的追求，句式繁複、題旨隱晦；他這一時期的成熟之作是《漢英之間》、《玻璃工廠》、《最後的幻象》（組詩）等。在詩歌寫作中，歐陽江河一以貫之地重視技術的純粹性和修辭的多層性，他的不少詩作具有強烈的思辨色彩，這是基於他對現代詩歌的理解：「現代詩歌包含了一種永遠不能綜合的內在歧義，它特別予以強調的是詞與物的異質性，而不是

8　西川《答鮑夏蘭、盧梭四問》，見《大意如此》，長沙：湖南文藝出版社1997年版，第246頁。

9　姜濤《被句群囚禁的巨獸之舞》，見洪子誠主編《在北大課堂讀詩》，武漢：長江文藝出版社2002年版，第232頁。

一致性。……詞所觸及的只是作為知識痕跡的物。有時現代詩看上去似乎是在考量物質生活的狀況,但它實際考量的是人的基本境遇以及詞的狀況」[10]他的《玻璃工廠》即是對「詞的狀況」與「人的境遇」的雙重沉思:

> 從看見到看見,中間只有玻璃。
> 從臉到臉
> 隔開是看不見的。
> 在玻璃中,物質並不透明。
> 整個工廠是一隻巨大的眼球,
> 勞動是其中最黑的部分,
> 它的白天在事物的核心閃耀。

這是一種回到原初狀態的觀視,「眼球」像聚光燈一樣凸顯了自我與世界的鏡像關係,同時也從內部改變了詞與物的關係。

1990年代初,歐陽江河對先鋒詩歌曾有過反思:「在該承受的承受了,該破壞的破壞了,該拋棄的拋棄了之後,當今的前衛詩人究竟在種族的智慧和情感生活中扮演什麼角色?在經歷了那麼嚴酷的誤解、冷落、淘汰以及消解之後,實驗詩歌究竟有多少能夠倖存下來的作品?這些倖存的作品又能夠對精神或語言的歷史貢獻些什麼?」[11]他的《傍晚穿過廣場》意味著某種轉折,以內在的駁雜取代了眩目的「幻象」的雕琢,不易覺察的反諷開始

---

[10] 歐陽江河《誰去誰留·自序》,長沙:湖南文藝出版社1997年版,第4頁。

[11] 歐陽江河《對抗與對稱:中國當代實驗詩歌》,見吳思敬編選《磁場與魔方——新潮詩論卷》,北京師範大學出版社1993年版,第257頁。

滲入：「一輛嬰兒車靜靜地停在傍晚的廣場上，／靜靜地，和這個快要發瘋的世界沒有關係。／我猜嬰兒車與落日之間的距離／有一百年之遙。／這是近乎無限的尺度，足以測量／穿過廣場所經歷的一個幽閉時代有多麼漫長」。從這首詩起，歐陽江河試圖在自己的詩歌中貫注更多的時代因素（政治、性、時尚文化等），或他自己所說的「本土氣質」，他的篇幅不小的《咖啡館》、《時裝店》、《椅中人的傾聽與交談》、《關於市場經濟的虛構筆記》等詩作，便是這種努力的結果。在這些詩作中，他力圖展示「包含了知識、激情、經驗、觀察和想像」的「語言中的現實」，技術的繁複與生活的繁複被糅合在一起。

孫文波早年的詩中有這樣的句子：「一個時期，我寫下的詩幾乎不是詩／是心靈憂傷的囈語。我看見／你已經不再來到這裡／消遁在事物的邊緣。一聲輕喟／來自大地深處的歎息」（《幾乎不是詩》）。輕緩的抒情筆觸、略顯憂鬱的調子、超然浪漫的主題，是他這時期詩歌的基本特點。很快，他不再滿足於這種趨於「高蹈」的寫作路向。1980年代末和1990年代初，孫文波與蕭開愚等人先後創辦《九十年代》、《反對》等詩歌刊物，其中《反對》創刊號「前言」明確提出：「反對的目的，是一切為了把新內容和新節奏創造性地帶進詩。反對的另一重要含義：自相矛盾，強調詩人和詩歌有深度地向前發展」[12]。那麼，什麼是他們所說的詩歌的「新內容和新節奏」及「創造性」呢？其中所包含的一個重要方面，就是常常招致誤解的「敘事」。孫文波是1990年代詩歌中「敘事」的主要詮釋者和實踐者之一，他在多

---

[12] 見《反對》創刊號，1990年1月。

個場合下對這一概念予以澄清：「我個人更寧願將『敘事』看作是過程，是對一種方法，以及詩人的綜合能力的強調」[13]；「敘事，在很大程度上是一種亞敘事，它的實質仍然是抒情的」，「它關注的不僅是敘事，而且更加關注敘事的方式」[14]。這應和著1990年代詩歌由抒情轉向經驗即「歌唱的詩歌必須向敘事的詩歌過渡」（西川語）的總體趨勢。

在孫文波自己的詩歌實踐中，「敘事」表現為詩歌與現實關係的調整、詩歌對更多日常生活場景和經驗的吸納、詩歌主題的豐富與拓展、詩歌結構方式的轉換、語感的重新設置等。他的一些長詩如《散步》、《地圖上的旅行》、《聊天》、《搬家》、《臨夏紀事》、《夏天的熱浪》、《獻媚者之歌》、《在無名小鎮上》、《祖國之書，或其他》等，包含了更為明顯的「敘事」成分或「故事」線索。不過，在詩中所謂「故事」線索顯然不是重心所在，而只是抒情展開的一些元素、一種溶劑：

> 劇院。悶熱的夜晚。普羅旺斯的風景
> 出現在一些人的瞳孔裡：一個駝子
> 帶著他的藍圖行走在崎嶇山間。
> 他使自己變成悲劇中的失敗者。人們發現：
> 這一切離流傳下來的民謠距離很遠。
>
> ——《在無名小鎮上》

---

[13] 孫文波《我理解的90年代：個人寫作、敘事及其他》，見王家新、孫文波編《中國詩歌：九十年代備忘錄》，北京：人民文學出版社2000年版，第15頁。

[14] 孫文波《生活：寫作的前提》，見王家新、孫文波編《中國詩歌：九十年代備忘錄》，北京：人民文學出版社2000年版，第256、259頁。

這也表明，頻繁出沒於1990年代詩歌中的「敘事」，其對日常生活場景和經驗的容納，並非毫無選擇和沉澱，相反，它顯示的是對後者的重新檢討與思索。

蕭開愚是一位樂於探索和尋求變化的詩人，在20餘年的寫作中其詩歌風格經過了幾番轉變。他在一首題為《原則》的詩中寫道：「絕不讓白晝的光芒在詩歌中消失／或減弱。詩歌中的黑暗／是黎明前的黑暗，是黑暗的剎那。／它嚴密，窒息人，接著就是黎明」。這似可看作他的詩觀。在1980年代，他也曾寫過《海上花園──獻給南方少女》這樣富於想像、卻又不乏機智的詩作，其中閃現著充滿激情的句子：「啊奇異，充盈！／啊好像海魔、水妖和天神／與空中橫飛的響箭／抱成了一團」。進入1990年代後，蕭開愚對自己的寫作和詩歌與時代語境之間的關係進行了省察，明確提出：「理想的詩歌形式，自我探索，社會責任感，這三個方面的吸引力合力塑造了九十年代詩人的抱負：寫作，在個人和世界之間」[15]。經過調整後，他詩裡尖銳的現實場景明顯增多了，而且增添了幾分諷喻的筆調，如《吃垃圾的人》、《北站》、《烏木紀事》、《星期六晚上》、《在徐家匯》、《動物園》等。

《向杜甫致敬》是蕭開愚傾力創作的一首長詩，這首詩的富有意味的標題昭示了他滲透在詩中的複雜意緒，即立足於紛繁的後現代處境裡如何觸摸傳統之脈，或者如何以傳統反觀當下的蕪雜現實；詩中不斷回蕩著「這是另一個中國」的急切籲告，其文化、時代指向十分明顯（也許，這裡還包含對詩歌寫作本身──

---

[15] 蕭開愚《九十年代詩歌：抱負、特徵和資料》，見趙汀陽、賀照田主編《學術思想評論》第一輯，瀋陽：遼寧大學出版社1997年版，第221頁。

境遇、路向和意義──的期待）。近年來，他多次提出了如何面對、處理傳統的問題，並在理論和實踐上均有突出表現，他提出和思考這一問題的方式有別於同時期的其他詩人。正如他在《致傳統‧琴台》裡所寫的：「薄冰抱夜我走向你。／我手握無限死街和死巷／成了長廊，我丟失了的我／含芳回來，上海像傷害般害羞。／我走向你何止鳥投林，／我是你在盼的那個人」，其古奧、生澀的句子，顯示了蕭開愚詩歌的新趨向，以及某種對於傳統的微妙心態。

張曙光（1956-）也是1990年代詩歌中「敘事」的主要倡行者之一。早在1984年，他就寫出了《1965年》這一具有開啟性的詩作：

那一年冬天，剛剛下過第一場雪
也是我記憶中的第一場雪
傍晚來得很早。在去電影院的路上
天已經完全黑了
我們繞過一個個雪堆，看著
行人朦朧的影子閃過──
黑暗使我們覺得好玩
那時還沒有高壓汞燈
裝扮成淡藍色的花朵，或是
一輪微紅色的月亮
我們的肺裡吸滿茉莉花的香氣
一種比茉莉花更為凜冽的香氣
（沒有人知道那是死亡的氣息）

　　那一年電影院裡上演著《人民戰爭勝利萬歲》

　　在裡面我們認識了仇恨與火

　　我們愛著《小兵張嘎》和《平原遊擊隊》

　　我們用木制的大刀與手槍

　　演習著殺人的遊戲

　　那一年，我十歲，弟弟五歲，妹妹三歲

　　我們的冰扒犁沿著陡坡危險地

　　滑著。突然，我們的童年一下子終止

　　當時，望著外面的雪，我想

　　林子裡的動物一定在溫暖的洞裡冬眠

　　好度過一個漫長而寒冷的冬季

　　我是否真的這樣想

　　現在已無法記起

　　充滿細節的回憶視角，不動聲色的沉思姿態，克制的敘述性
語氣──這些構成了此詩及張曙光後來許多詩篇的基本特點，並
為1990年代詩歌中「敘事」的滲入提供了範例──顯然有別於同
時期詩歌的激情與高亢。正如他在一次訪談中解釋的：「從總體
感覺上，我是想要把詩寫得具體、硬朗，更具有現代感……力求
表現詩的肌理和質感，最大限度地包容日常生活經驗」[16]。

　　張曙光的確是一位注重日常生活經驗開掘的詩人，他的詩
歌主題集中在：「個人在現代社會的命運、生活的無意義、時間

---

[16] 張曙光《關於詩的談話──對姜濤書面提問的回答》，見孫文波、臧
棣、蕭開愚編《中國詩歌評論：語言：形式的命名》，北京：人民文學
出版社1999年版，第235頁。

的流逝、歷史和個人的矛盾、人生的無奈與微小、時間和回憶等等」[17]。他的不少詩具有明顯的時間（時代）刻度（從一些標題即可見出），除前引的《1965年》外，尚有《1966年初在電影院裡》、《悼念：1982年7月24日》、《十月的一場雪》、《照相簿》、《小丑的花格外衣》等。由於長期生活在東北，張曙光詩歌中最突出的意象無疑是「雪」，「雪在他的詩中不僅是佈景，它既是經驗的實體，也是思緒、意義延伸的重要依據：有關溫暖、柔和、空曠、死亡、虛無等」[18]。因此，他以看似平淡的句子，從時間和空間上重構了一副副日常生活的情景——其中隱含著現代人的痛楚與憂患。

[17] 王璞《尤利西斯的當代重寫》，見洪子誠主編《在北大課堂上讀詩》，武漢：長江文藝出版社2002年版，第293、301頁。
[18] 洪子誠、劉登翰《中國當代新詩史》（修訂版），北京大學出版社2005年版，第260頁。

第八章

———

在新的躁動中
向縱深地帶延展

　　1990年代的駁雜語境，一方面給中國詩歌的發展造成了巨大壓力，另一方面出乎意料地為詩人們的成長提供了可供磨礪的基石和可以汲取的養分。這裡值得一提的，是發生在1990年代末的一場影響極大的詩學論爭。1999年4月16日至18日，「世紀之交：中國詩歌創作態勢與理論建設研討會」在北京盤峰賓館舉行，由於這次會議的召開處於世紀之交，其對中國詩歌寫作進行回顧與展望的意圖是明顯的。在會上，後來被概括為「知識份子寫作」和「民間寫作」的兩派詩人、理論家發生了激烈的爭論，前者主要包括王家新、西川、歐陽江河、孫文波、張曙光、臧棣、唐曉渡、程光煒等，後者主要包括于堅、楊克、伊沙、沈奇等。雖然引發爭論的誘因是兩部詩選《歲月的遺照》（程光煒編）和《1998：中國新詩年鑒》（楊克編），但爭論背後隱含的是1990年代（甚至更早）以來詩歌發展的一些深層問題。這場被認為是爭奪「話語權」、重建詩歌秩序的論爭，其焦點集中在如下幾個方面：中國詩歌的資源是西方還是本土、詩歌寫作處理的是知識還是現實、富有活力的詩歌語言是書面語還是口語，等等。論爭之後，詩界的分化更趨嚴重。

　　進入21世紀以來，中國詩歌的面貌發生了某些微妙的變化，它一方面延續著十多年前就已呈現的所謂「邊緣」狀態，另一方面又出人意料地顯出與當代社會進程緊密相連的發展趨勢。後者最為突出的表徵便是，隨著互聯網的迅速蔓延，詩歌借助於這一新型工具，也以驚人的速度衍生、鋪展和消亡——「當文學遭遇網路」（青鋒語），這其間產生的後果的確是不可估量的。詩歌的網路化，是近幾年最值得關注的現象之一。

　　儘管關於泥沙俱下的網路詩歌景觀的性質評定和前途預測仍在

進行之中，但網路對當代詩歌生態、格局和寫作方式已經帶來了改變（起碼，這一新興手段造成了當代詩歌表面的哪怕是誇飾的「繁榮」），這一點毋庸置疑。寫作方式與社會生活方式相互影響、相互滲透，這在方興未艾的網路詩歌中得到了很好的體現。對於相當一部分人來說，網路著實為他們提供了一處挺身而出、一展身手的場所和平臺，他們放鬆地跳入網路擊起的語詞潮流、縱情遊弋於大片詩意浪花之中（有些人就是在「觸網」後開始寫詩的），甚至來不及選擇姿勢和路線。以至於有人驚呼：詩歌復活了！

也許，正是在虛幻的意義上，一種陳舊的「虛無」與一種新鮮的「虛擬」才一拍即合。它們推動著形形色色的詩歌變種，在無數細線上四處奔突、蔓延。令人匪夷所思的是，如此情境中生成的詩歌，已經漸漸成為一些人必不可少的文化速食和生活佐料。詩歌，準確地說，構成詩歌的斑斕語彙真正成了一種符號，回復到它最原始的宣洩的功能；它同在滑鼠操縱下的任一光斑、逗點和線條一樣，混跡於後者之中、通過不斷的排列組合，共同織就著現代人閃爍不定的生存結構的背景。

網路的興起，實際上暗含著詩歌交流方式的變遷。與這種既帶有私密色彩、又無時不刻暴露在網路光天化日之下的個人迷戀相應的，則是詩歌開始走出個人窄小的胸腔，越過學院封閉的圍牆，甚至溢出書寫（文字）的拘囿，而步入更為廣闊的天地。除卻網路這一無形的通道而外，詩歌的傳播方式、範圍出現了更多意想不到的轉換。可以看到，一度疏遠、排斥詩歌的媒體，經過自身的「變革」後開始吸納詩歌，各種詩歌樣式的片斷和關於詩歌的似是而非的談論，也逐漸出沒於報紙副刊、時尚休閒雜誌、廣播電視節目、文化娛樂場所乃至手機短信中。當網路詩集已經

變得稀鬆平常，有人便開始籌畫著舉辦「短信詩」大賽、出版「短信詩集」。當然，與其說是詩歌強大得足以滲透各種媒體並以之作為一種便捷的載體，不如說時代的文化型變越來越介入到詩歌的生成，從不同層面強行重塑著詩歌的形態。

隨著網路等媒介的日趨普及和發達，中國詩歌在它的強大衝擊下，「斷裂」、「各自為政」的跡象越發明顯，充斥於詩界的種種喧囂——嘲弄、謾罵、詆毀、「惡搞」、自我炒作……更是加深了詩歌觀念的分野和詩歌在整個社會文化中的「邊緣性」。中國詩歌的某些困境由此愈加鮮明地凸顯出來。當然，在一片眾聲喧嘩中，仍然有一些詩人沉潛而不懈地進行著詩的探索。他們的寫作將中國詩歌推向了一個新的境地。

在1990年代詩學氛圍中逐漸成熟的詩人中，臧棣（1964-，原名臧力）的多產無疑會給人留下深刻的印象。他近年來鋪天蓋地於各大媒體上的作品，和連續出版的三部詩集（每部詩集所收錄的詩作都在100首以上）——《燕園紀事》（1998年）、《風吹草動》（2000年）和《新鮮的荊棘》（2002年）——引起了人們廣泛關注。臧棣的詩歌具有一種脫穎而出的品質，它們植根於20世紀90年代的詩學情景，卻突破了這一時段的總體詩學框架。表面上看，臧棣的詩歌多少讓人感到奇怪的是，就詩歌的整體意緒來說，它們並沒有刻意表現出時代給予詩人的內心波動，相反，它們提供的更多是一種堪稱精湛的技藝；似乎只有通過這種技藝，詩歌才能更深地切入這個時代的生活，才能更好地與時代發生關聯、同時代進行巧妙的周旋。在1990年代初的一篇長文裡，臧棣強調了詩歌技藝的重要性，這強調既是一種觀察又是一種自我申辯：「在寫作中，我們對技巧（技藝）的依賴是一種難

以逃避的命運……在根本意義上，技巧意味著一整套新的語言規約，填補著現代詩歌的寫作與古典的語言規約決裂所造成的真空」；在他看來，技藝實質是「主體和語言之間相互劇烈摩擦而後趨向和諧的一種針對存在的完整的觀念及其表達」，它可被視為「語言約束個性、寫作純潔自身的一種權力機制」，因此，更為內在地說，「寫作就是技巧對我們的思想、意識、感性、直覺和體驗的辛勤咀嚼，從而在新的語言的肌體上使之獲得一種表達上的普遍性」[1]。當然，技藝這一容易引起誤解的詞語，並不能涵蓋臧棣寫作的全部，毋寧說對它的倚重，使得他的詩歌寫作成為有意識地對「寫作的可能性」、寫作本身乃至寫作的終極目的進行反覆探索和追問的過程。也就是說，臧棣的很多詩篇都表現出詩歌寫作行為的反思：

> 每個松塔都有自己的來歷，
> 不過，其中也有一小部分
> 屬於來歷不明。詩，也是如此。
> 並且，詩，不會窒息於這樣的悖論。
>
> 而我正寫著的詩，暗戀上
> 松塔那層次分明的結構——
> 它要求帶它去看我揀拾松塔的地方，
> 它要求回到紅松的樹巔。
>
> ——《詠物詩》

---

[1]　臧棣《後朦朧詩：作為一種寫作的詩歌》，載《中國詩選》第一輯，成都科技大學出版社1994年版，第350、351頁。

　　這種反思行為在寫作中的滲入，致使臧棣的詩歌顯示出一種變動不居、而又相對穩定的狀態，其內部蘊藉著多股相互衝突但並非相互抵消的力量：它既瓦解著過往的囿限又確立著新鮮的可能，既消除著預設的韻律又構築著內在的節奏和旋律，在不斷的超越與回溯、毀滅與復蘇的共生中，完成著經驗和語詞的重組。這樣，就能夠在維持詩歌內部衝突的平衡之時，給寫作貫注了一種迅速散開的詩意的鮮活。為了保持詩歌的鮮活，臧棣在寫作過程中所付出的是一種重置「即興」的努力；重置「即興」意味著，他對寫作的題旨、構架、速度進行了有效克制，在保證文本高度完整的前提下，不時摻入想像的溶劑和靈感的火花而使詩篇顯得繁複、幽邃，卻擯棄了「即興」的隨意塗抹，使之避免滑向因「即興」實驗而導致的碎屑。而這，正是一種高度綜合的、對寫作本身進行自我檢視的覺識和能力。

　　與臧棣在詩歌觀念上較為接近的西渡（1967-　　，原名陳國平），保持著均衡、平穩的寫作速度。守望與傾聽——借用西渡一部文集的標題——是西渡進入詩歌的兩種方式、兩個向度，是他運用語詞，在內心對愛、生死、命運等主題喃喃低語的震響和回聲。西渡的詩歌力圖展示這個時代的精神困境以及他對這些精神困境的超越，如《悼念約瑟夫‧布羅茨基》、《保羅之雨天書》等。貫穿於他作品中的是一種高邁（一如他所推崇的駱一禾提出的「修遠」）的氣質，當多數人迫於個人內心空茫而背棄甚至鄙視高邁時，西渡卻義無反顧地持守著它。西渡極為重視詩歌聲音的構成，他在自己的詩裡發展了一種略顯清冽的聲音：

我去拜訪墓地

星期天飄著微雨
杜鵑的啼聲
濕潤過青蔥的夢

教堂的簷溜
淋透梧桐的密葉
一個人曾經歌唱
現在他一聲不響——

疲倦的雨燕
疾掠過塔尖
沒有人能夠懂得
此時煙雨的江南
父親搖籃般的斗笠
正在玉米地裡浮動

——《悟雨》

　　這首詩表達了某種積鬱已久、卻又突如其來的生命領悟。
乍一看，它的音調是柔和甚至輕快的。詩句都是由比較均衡的
音組和頓構成；「地」、「雨」與「笠」，「聲」、「夢」與
「動」、「得」與「葉」，「唱」與「響」，「燕」、「尖」與
「南」的押韻雖然不十分規則，但因配合了均衡的音組和頓，足
以形成一種適度、諧和的韻律。而貫穿於全篇的煙一般的「雨」
的意象，更為詩句鋪設了一抹寧靜的色調。可是，透過顯得流暢
的語氣和清麗的景象，詩中一種內在的陰鬱音調卻始終揮之不

去：「一個人曾經歌唱／現在他一聲不響──」；這種陰鬱的起因，倒不在於抒情者置身於「墓地」，而是他在此情此景中突然想到了遠在江南的父親（「搖籃」一詞既為抒情者帶來了回憶中的親情，又將他的視線拉回人生的起點，與「墓地」形成對照），濃重的夾雜著傷感與悲憫的意緒油然而生。因此，這首詩具有雙重的聲音設置：表層以平和乃至略顯輕快的節奏，消除了「墓地」背景所帶來的陰冷色調，而深層則仍然迴響著徘徊於死與生、觀察與冥想之間的憂鬱低音。在此，西渡的詩歌提供了具有典範性的個案：聲音在其中一方面清晰地敞露了語言的特性及語詞間的關係，另一方面，深刻地昭示了詩人與自我、世界的多重聯繫。西渡晚近的《一個鐘錶匠人的記憶》等詩作，表明他的詩歌正朝著豐厚與開闊邁進。

居於南京東郊一隅的朱朱（1969- ），經過多年顯得沉寂的寫作而積蓄起強大的力量，使他成為獨立而不容忽視的詩歌磁場。他在以詩集《枯草上的鹽》（2000年）確立其基本風格後，近年來的詩歌呈現出結構繁複、主題多層次的特徵。「枯草上的鹽」，這個標題在隱喻的向度和實際視覺效應的雙重感受上，彰顯了詩歌寫作的真正涵義。一些詩歌的碎片和語言形體被比作「枯草上的鹽」，這既表明了朱朱的偏於精緻的美學趣味，又體現了他趨於內斂、孤僻的價值取向。有論者如此評價朱朱的詩歌：「以他的細密精緻、優雅從容以及類似自由賦格曲的語調重新恢復了抒情詩的尊嚴與原生狀態；而他古典式的詞語配件、短促的句式與華彩樂章般的即興感，在同類詩歌中更是卓爾不群」[2]。精細、

---

[2]　王艾為《枯草上的鹽》所寫的書評，見《中國圖書商報‧書評週刊》2000年12月26日。

冷峻的形體，克制、準確的表述，凝練、結實的節奏，構成朱朱早年詩歌的風格。在《我是弗朗索瓦‧維庸》一詩中，朱朱借助於對這位法國詩人形跡的戲謔式仿寫，呈現了完成一首詩的過程中，為錘煉語言所歷經的災難般體驗——困惑，沮喪或者狂喜：

> 漫長的冬天，
> 一隻狼尋找話語的森林。

經由語言的「光合作用」及通感而進行詞句的重組與嫁接，是朱朱詩歌的重要技法，其要點在於：在一種突如其來的交錯和撞擊中，詞語仿佛獲得了一次再生，詩句也煥發出前所未有的新意；所獲致的主要成果是，在他的詩歌裡奇妙的譬喻比比皆是：「在黑夜漸漸顯露的光輝中／街心的孩子們／像驚訝中忘記叫喊的花朵」（《揚州郊外的黃昏》）；「劇場外的空氣是一座山谷湧起的鳥群」（《秋夜》）；「展翅在最小的損失中」（《煽動》）……在這些「錯置」過程中，語詞堅硬的「物質化的外殼」被去掉了，其涵義與功能得到了重置。

如果說朱朱早年的詩歌，更為注重展示語詞之間的隱秘關聯和語言自身魅力的話，那麼近幾年則開始轉向對主題的深度開掘、對詩歌表達詞與物關係的獨特能力的培育。這在他的《魯濱遜》、《皮箱》、《合葬》、《清河縣》（組詩）等作品中得到了充分展示。這些詩作顯示，朱朱的詩歌在語詞上開始由簡約轉向豐沛，在主題上有多個向度的衍生、鋪展、迴旋而顯得錯落有致。組詩《清河縣》與其說是對一則歷史故事的改寫或重寫，不如說是詩人的想像力對時空的重構，它在再度「虛構」那件風塵

往事的過程中，通過富有解構意味地穿行於原有的情節框架和觀念邏輯之中，通過一種現代經驗，改變了古典語言的內在質地：「當她洗窗時發現透明的不可能／而半透明是一個陷阱，她的手經常伸到污點的另一面去擦它們／這時候污點就好像始於手的一個謎團」；同時，這組詩在結構上回應了中國當代詩歌關於長詩的探索，這是漢語自我改造和轉換的一個範例。朱朱屬於那種對自己的寫作路向有著相當自覺意識的詩人，這不僅具體落實到對於一首詩的整體結構和局部的精細處理，而且體現在他對詩歌寫作本性的清醒領悟，因此他能夠有效地擯棄習見於詩歌界的浮泛與躁動，顯示了能夠穩步生長的潛力。

同樣較少在詩壇拋頭露面的詩人葉輝（1964-），一直在他的出生地——南京某郊縣的一所國稅局當公務員。他曾參加過熱鬧非凡的「第三代詩歌運動」，後來的寫作卻遠離了這一運動所鼓搗起來的喧囂，基本上處於一種潛伏的狀態。葉輝是一位具有深刻獨立的見解、在詩歌寫作中保持清醒、節制的詩人。在為參加1986年「中國現代主義詩群大展」草擬的《日常主義宣言》（與海波合作）中，他寫道：「我們要為自己確定一條自由的、日漸擴張的藝術空間的途徑」，亦即「在對日常事件的陌生與困惑裡，運用從容且較為正規的表達方式，努力縮短抽象觀念與理性結構之間的距離，從而訴諸於更廣泛的精神現狀的表白」[3]。「第三代詩歌運動」作為一種事件和觀念已經成為歷史，葉輝本人也通過這些年的獨立寫作，逐步調整、豐富著自己的詩歌路向。在他近些年的《一個年輕木匠的故事》、《小鎮的考古學

---

[3]　見徐敬亞等編《中國現代主義詩群大展1986-1988》，上海：同濟大學出版社1988年版，第232頁。

家》、《老式電話》、《合上影集》、《果樹開花的季節》等詩篇中，「日常主義」的信念雖依稀留存，但某種刻意而為的印痕消失了。他不是讓生活從某個可見的正面進入詩歌，而是從表面或側面進入；他的詩句也是沿著細碎的生活側面，輕輕地掠過：

> 我想著其他的事情：一匹馬或一個人
> 在陌生的地方，展開
> 全部生活的戲劇、告別、相聚
> 一個淚水和信件的國度
> 我躺在想像的暖流中
> 不想成為我看到的每個人
>
> ——《在糖果店》

葉輝似乎樂於洞察、捕捉日常生活的細節與秘密，善於從為人所熟知的場景中提煉詩情；他將穿越時空的「來世」與「今生」疊合起來，詩句間滲透著強烈的輪迴感，表述的不是關於人生的某種微言大義，卻令人讀後若有所思。

另一位南京詩人劉立杆（1967-，原名劉利民）一直不事聲張地創作詩歌。早先，他的《基督教女青年會咖啡館》、《埋葬的夢》、《黑暗中的桔子，或致內心》、《孝陵衛》等詩作曾引起讀者的注意，其中「猶如置身井底，黑暗中／我們以無知保衛自己」（《埋葬的夢》）等句和《孝陵衛》裡所作的精細的刻繪，令人讚歎。儘管劉立杆參加了1980年代重要的文學群體「他們」，但其實他的基本趣味與這一群體共有的口語化風格大相徑庭。總的來說，他的詩歌是克制、冷峻的，謹慎地展示著生活的

細節，因而其結構井然有序，有效地排拒了口語氾濫的侵入。劉立杆後來花費較多精力投身於小說寫作，其詩歌寫作的狀態有所下滑，不過他的詩歌仍然保留了細節刻繪的優勢，在平靜的鋪敘中蓄積著某種張力：

> 像早晨稀薄的光，定格於一張模糊的
> 舊照片：她睫毛輕輕一顫
> 就將他的世界徹底改變。

──《老年》

當然，劉立杆倘若對一首詩裡多少顯得冗長的鋪敘進行提升，刻畫也許會更加有力。相比之下，他的《郊外》之類富於跳躍的詩篇更令人難忘。

　　詩人南野（1955-，原名吳毅）儘管有著不短的寫詩歷史，但他始終與詩壇保持距離。多年來，他一直在一座寂靜的小城裡過著深居簡出的生活。他在早年的一篇短文中寫道，「詩，將在詩人中選擇詩人」。這多少反映了他的某種持之以恆的信念。這位穿越「朦朧詩」和「後朦朧詩」兩個時代的詩人，與其他同樣穿越了這兩個時代的詩人的不同之處在於，他不是像後者那樣置身於這種「穿越」之中，而是置身於其外。因此，當很多人紛紛舉起反叛的大旗或開始轉向之時，他用不著抽身離去，而是更深入、更執著地回到內心，把筆觸探向一種對語詞的「艱苦的沉思」，並一再用自身的寫作將1990年代詩歌在同1980年代的對照中，與後者的陳詞濫調區分開來。很顯然，語詞是這位詩人關注的焦點（這尤其體現在他新近出版的詩集《在時間的前方》[人

民文學出版社2000年版]中），即使當時間、死亡、自然等主題
大量進入他的詩行中時，也被處理為一種語詞行為：

> 雲雀是另一回事。雲雀的雙翅小巧銳利
> 像刀片，它愛好切割雲朵
> 它的身體同樣小，而且輕
> 它控制不住地高飛於雲頂之上
> 它會在雲霧中隱沒，它的淺灰的顏色
> 甚至會在晴朗的天空裡消失
>
> ——《從兩個方面判斷飛翔》

　　與南野近似、也有意遠離詩界「喧囂」的詩人路東
（1956-，原名路東昇），早在1979年就開始寫詩，堪稱當代詩
壇的「隱者」和「異類」。他早年以「路輝」為筆名的詩作被收
入《朦朧詩選》（春風文藝出版社1985年）、《青年詩選》（中
國青年出版社1986年）、《探索詩集》（上海文藝出版社1986
年）等，在《雪後》一詩中他寫道：

> 昨夜，我聽見一陣陣風像一群天使
> 從人類的頭頂吹過
>
> 昨夜
> 那夢中的靈魂
> 長成一棵樹，而歷史的眼淚
> 從我的十指流向枝頭

　　默默收斂為成串的蓓蕾
　　我不知道什麼時候
　　她悄然綻開滿枝的花朵

　　醒來後這世界是一部傳奇
　　封面上落滿春天的消息

　　多年來，他拒斥詩潮更迭的裹挾，苦心孤詣地獨自探索寫作的奧秘，「潛心於思與想的練習，對語言之於生命和事物秩序的微妙關係尤為關注，傾向於各種交互性文本的創造性書寫」，已積累大量極富個性的文本，僅有少量發表。在近期的詩作中，路東越來越重視語詞本身的力量，但其對語詞的運用，顯現為褪去文化先見的重負、通過還原而回到語詞「開端」狀態的過程；他的詩歌簡約、凝煉，有著深受哲學薰染的外表，但絕非浮泛淺表的哲理詩，而是飽含對歷史、人性的深邃洞察和犀利批判。

　　居於武漢的劉潔岷（1964-，原名劉潔民）、柳宗宣（1961-）是兩位低調的詩人。劉潔岷有著自覺的文體意識，他曾表述了如是詩觀：「詩歌是對語言世界的重新發明與發現，既不是在模仿實在之物也不是為了表現夢幻遐想，而是一種旨在揭示內心生活和語言內在奧秘的藝術」，「詩歌是不及物的，真詩人心中必有一種絕對的超然的理念；詩歌又是及物的，因為詩歌需要具備一種無用但強大的力量」[4]。他的詩歌注重語感的經營，細膩筆致顯示了一種自如的超現實主義意味，或者說他的詩

---

[4]　劉潔岷《新漢詩法則28條》，《新漢詩》2006年總第4卷。

歌顯示了當代現實中某種超驗書寫的趨向，他的詩歌文本多在細節的刻寫中見功夫：

> 夕陽緩慢，把我們
> 完整地帶入什麼地方
>
> 在古代，古人經常作案
>
> 那種感覺難以形容，就像
> 暗中的茶水
> 一滴
>
> ——《前往宏村》

他的長詩《橋》被詩評家陳超譽為「一首體現綜合創造力的好詩」[5]，能有效地將個人經驗和現實場景糅合在一起，體現了其詩歌技藝的成熟與完美。

相比之下，柳宗宣的詩歌呈現了另一種風格。在某種程度上，柳宗宣發展了1980年代詩歌的「生活流」寫作，保留了鮮明的宣敘調色彩。他試圖像他所景仰的美國詩人弗羅斯特那樣，用日常聊天的語調建立起自己的詩行，用他自己的話說，讀弗羅斯特的詩「就如同聽他在跟我們說話，娓娓動聽，自然親切又意味深長」[6]。弗羅斯特的詩歌在平實的描寫之後出現的無窮意韻，即一種「此中有真意，欲辯已忘言」的效果，令柳宗宣羨慕不

5　陳超《〈橋〉：現實、隱喻和玄思的扭結》，《星星》2003年第10期。
6　柳宗宣《弗羅斯特的路》，《中華讀書報》2002年7月17日。

已。他本人的《為母親送行》《她穿過黑夜的樓頂回家》等詩作，不厭其煩地將各種生活的瑣屑娓娓道來，在貌似平淡的敘述中隱含著某種震撼：「隨我上街的一個人／隔著多年的時光我能看見他／在京城，他挺過來了／但什麼幻念也消散了」（《上街》）。遺憾的是，就多數詩作而言，柳宗宣尚不能像他所景仰的弗羅斯特那樣，賦予一首詩一個「欲辯已忘言」的有力收束。

在多種場合下樂於將自己稱為「最後一個浪漫主義者」的桑克（1967-，原名李樹泉），早年一些詩作散發著濃郁的「浪漫主義」氣息，例如寫於1990年代初的一組十四行詩，以整飭詩形表達形而上的心靈絮語，語詞純淨、氣象深遠。對整飭的追求在他的長篇巨制《饒舌與羅盤》（1994年）中達到極致。正如桑克本人所說，「諸如趣味、絕望、遊戲、信仰、道德等等，我把它們井井有條地放在了我的秩序之中」，「我應該在靈魂的深處漫遊，結果我卻在為清潔的工作奔忙」[7]。事實上，這種形式上的秩序感，在他後來的詩歌寫作中一直未遭棄置，且被賦予了至高的地位，雖說它越來越被與內在旨趣、手法的多樣化統攝在一起：

> 在鄉下，空地，或者森林的
> 樹杈上，雪比礦泉水
> 更清潔，更有營養。
> 它甚至不是白的，而是
> 湛藍，仿佛墨水瓶打翻
> 在熔爐裡鍛煉過一樣

---

[7]　桑克《智慧的浪漫主義》，《偏移》2000年7月總第9期。

結實像石頭，柔美像模特。

在空中的T形臺上

招搖，而在山陰，它們

又比午睡的貓更安靜。

風的爪子調皮地在它的臉上

留下細的紋路，它連一個身

也不會翻。而是靜靜地

摟著懷裡的草芽。

或者我們童年時代的

記憶和幾近失傳的遊戲。

——《雪的教育》

桑克近些年的詩作《一個士兵的回憶》、《夜泊秦淮》、《秋江》、《小聲音》等，在拓展了敘事、反諷等詩學技藝的同時，也仍然保持著嚴謹的形體構造。

此外，羅羽、陳先發、清平、宇龍、森子、黃燦然、潘維、餘笑忠、啞石、東蕩子、楊小濱、龐培、李森、莫非、侯馬、雷武鈴等也寫出了各具特色的詩歌作品。而姜濤、孫磊、朵漁、冷霜、宋尾、津渡、路雲、田雪封、黃禮孩、泉子、蔣浩、夢亦非等更為年輕的所謂「70後」詩人開始嶄露頭角，表現出可予期待的潛質。

【綴語】
構建漢語詩歌「共時體」？

2000年3月23日上午，詩人昌耀不堪病痛的折磨，從他所在的病房縱身一躍，結束了自己的生命。這堪稱進入新千禧年之際中國當代詩歌的第一「殤」。此時雖然距離海子、駱一禾辭世已經十多年，但這一自戕行為連同1993年顧城的意外故去，仍屬於較長時段的「詩人之死」的範疇，在加深前述死亡事件形成的悲情氛圍的同時，更凸顯了對其間隱含的嚴肅詩學議題進行探究的必要性乃至緊迫性。

大概不會有人否認，這些詩人的離去是中國當代詩歌的重大損失。人們甚至設想，倘若他們中的駱一禾沒有英年早逝，1990年代之後的中國詩歌也許會是另一番情形，或者至少會有一些與既有格局不大一樣的質素。毋庸諱言，以今天的眼光來看，1990年代及其後的詩歌有不少值得檢討之處，其中一點即是：對某一種「可能性」或作為法則的「可能性」的追尋，是否限制了別的「可能性」乃至固化了「可能性」本身？

詩歌是駱一禾未竟的理想，在他充滿洞見的表述裡，顯示了對漢語新詩未來的宏闊抱負，對詩歌寫作本身寄予的嚴苛期許：「帶有靈性領悟的詩歌創作，是一個比較易說得無比複加的宣言更為緩慢地運作，在天分的一閃鑄成律動渾然的藝術整體的

過程中，它與整個精神質地有一種命定般的血色，創作是一種比設想更為艱巨的、緩慢的速度中進行的」[1]。正是駱一禾的詩歌意識和一些詩學見解反襯了中國當代詩歌的某些局限，比如他提出的「偉大詩歌共時體」這一構想，「直接針對了現代原子式的個人主義、狹隘的審美主義、文人趣味，以及一般線性的文學史觀念；而他有關『心象』或『原型』的看法，也明確將意象拼貼的現代主義原則，設立為自身的對立面。在駱一禾看來，現代的個人主義、矯飾的文學風格，以及對線性歷史觀的迷信，都導致了當代精神生活的封閉和僵化，這構成了種種有形或無形的『圍欄』。在某種意義上，精神的『圍欄化』不是一種局部的現象，駱一禾觸及到的是與文化現代性相伴生的一系列結構性問題，詩歌的局促只是整體文化困境的顯現」[2]。

駱一禾所說的「偉大詩歌共時體」，是指人類文明史上那些產生了重大影響的詩歌個體彙聚而成的詩學和精神遺產與資源。而從切近的寫作景觀來說，當下的詩歌確實陷入了精神和認知的種種「圍欄」之中：「當代詩歌的諸多虛假的藝術問題——駱一禾謂之『藝術思維中的慣性』，都是由虛榮所造就的大大小小的自我的圍欄。拋棄了虛榮，真正的藝術問題，作為創造和靈魂的問題，才會浮現出來。這種虛榮實際上也源於歷史感的闕如，把自我的一點利益相關的表像——甚至不能提升到經驗的層面，當作了詩歌的出發點和歸宿」[3]。不僅如此，當前詩歌還顯現出與

---

[1] 駱一禾《美神》，見《駱一禾詩全編》，第840頁，上海三聯書店1997年版。

[2] 姜濤《在山巔上萬物盡收眼底——重讀駱一禾的詩論》，《新詩評論》2009年第2輯。

[3] 西渡《壯烈風景》，北京：中國社會出版社2012年版，第90~91頁。

當前文化極為相似的破碎趨勢，缺乏駱一禾詩歌的那種「整體性」——可以看到，在駱一禾的全部創作中，「無論是其長詩還是短詩，都為一種強大熱烈的精神氛圍所統攝，繚繞著一種深厚的主體力量」[4]，而這種主體力量也為時下多數詩歌所缺失。

　　駱一禾與昌耀是惺惺相惜的詩歌盟友，兩人互相欣賞與激勵。駱一禾逝世後，昌耀盡述其惋惜之情：「我以為一禾是一位可以期望在其生命的未來歲月會有卓越貢獻的詩人或學問家。如果說，他有可能成為一片新的陸地，但那陸地僅只是剛剛展開一道脊樑就已被無情的濁流吞沒；如果說他有可能成為一環輝煌的彩虹，但那一作為太陽投射的生命的火焰剛剛呈示勃發的生機又未免熄滅得太過匆促。」[5]而早在1980年代中期，駱一禾便敏銳認識到昌耀詩歌的重要性，在一篇關於昌耀的長篇評論中，他如此論斷：「昌耀先生的詩歌作品，是中國新詩運動裡那些最重要的實績和財富之一」，昌耀「以他的創造力，介入了當今之世的精神氛圍，呈現、影響乃至促成了本土的精神覺醒」[6]；在《蘇格拉底最後的日子——給大詩人昌耀先生》一詩中，他更是稱譽：「而先生，在獄中，是你使我們失掉牆壁／並看見岩石和橡樹的人」。

　　昌耀與駱一禾一樣，孤絕地對漢語新詩寫作進行著探索。在昌耀的後期寫作中出現了較多不分行的情形，對此他曾解釋說：「我理解的詩是一個比較寬泛的概念，即：除包含分行排列

---

[4]　同上，第143頁。

[5]　昌耀《記詩人駱一禾》，見《昌耀詩文總集》，第431頁，西寧：青海人民出版社2000年版。

[6]　駱一禾、張玞《太陽說：來，朝前走》，《西藏文學》1988年第5期。

的那種文字外，也認可那一類意味雋永、有人生價值、雅而莊重有致，無分行定則的千字左右的文字⋯⋯詩的視野不僅在題材內容上也需在形式上給予拓展」[7]。他自稱是「『大詩歌觀』的主張者與實行者」：「我並不強調詩的分行⋯⋯也不認定詩定要分行，沒有詩性的文字即便分行也終難稱作詩。相反，某些有意味的文字即便不分行也未嘗不配稱作詩。詩之與否，我以心性去體味而不以貌取」；不過他「並不貶斥分行，只是想留予分行更多珍惜與真實感。就是說，務使壓縮的文字更具情韻與詩的張力。隨著歲月的遞增，對世事的洞明、了悟，激情每會呈沉潛趨勢，寫作也會變得理由不足——固然內質涵容並不一定變得單薄。在這種情況下，寫作『不分行』的文字會是詩人更為方便、樂意的選擇」；他甚至宣稱：「詩美流布天下隨物賦形不可偽造。是故我理解的詩與美並無本質差異」[8]。一定程度上，昌耀拓展和深化了對漢語新詩的理解，他將這些主張的緣起追溯至魯迅的《野草》，與當代一些詩人一道，將《野草》指認為漢語新詩的主要源頭。[9]

7　昌耀《致黎煥頤》，見《昌耀詩文總集》，第890頁，青海人民出版社2000年版。

8　昌耀《昌耀詩選·後記》，北京：人民文學出版社1998年版，第423頁。

9　越來越多的詩人和研究者傾向於從「詩」的角度探討《野草》，剛剛出版的洪子誠等編選的《百年新詩選》（上下卷，三聯書店2015年版），就將魯迅放在了首位，這固然由於魯迅的生年最早，卻也有著某種象徵意味，旨在突出魯迅《野草》的奠基性意義，正如該書編者說：「有關《野草》的思想和藝術，後人的解讀已非常充分，但很少作為新詩來討論，現在將其中部分作品選入詩選，在某種意義上，也代表了編者對新詩史的一種特定理解。」

　　詩人顧城的意外離世，無論在詩內還是詩外都具有某種「悲劇性」。那一突發的悲劇性事件改變了顧城留在讀者心目中的「童話詩人」形象，人們似乎第一次發現了其人格和詩歌中都存在的「惡魔」。實際上，應該留意顧城一開始就顯出的非單一的寫作形象和詩歌取向，如引起爭議的早期詩作《結束》裡的「帶孝的帆船／緩緩走過／展開了暗黃的屍布」，以及《案件》裡的「黑夜／像一群又一群／蒙面人」等語句所蘊含的灰暗與暴力。顧城的詩歌裡從未缺席的是他本人一直身處其中並感受真切的歷史維度，去國後的寫作更是如此。他後期的兩部重要組詩《城》和《鬼進城》，以一種立體的構架、個人記憶與時代場景疊加的方式，抒寫了歷史被抽空後造成的精神痛楚，其孩童般的口吻下不掩尖利的憂思與諷喻：

　　　　腳印上的河灘
　　　　腳印上的河灘
　　　　我有語言

　　　　那是在焰火死滅之後
　　　　男孩摸著城磚
　　　　一個人走下冥河的堤岸
　　　　手電筒一閃一閃
　　　　一個人想把窗子打開
　　　　早晨的空氣很黏
　　　　早晨的黏土可以做水罐

誰都知道零錢的缺陷
市場上的鹽
市場上石柱的燈盞
他必須在紅磚地上
站著，太陽把路曬乾
等大蜂巢掉到上
發出叫喊
一個中學花園、一個中學花園
路上沒有人，手上
有玫瑰的血管

青草又生長起來
青草知道時間
青草結出時間的珠串

每一絲頭髮都是真的
站在她身後
每一絲頭髮都成為春天
我多想看見
櫻草花的錯誤
在中午摘下葉片
在中午降下清涼的夜晚

只有你把手伸到涼空氣裡
吸收睡眠

你很疲倦

很遠很遠高原的空氣

黃土燃著火焰

人類消失在小村子裡

村外丟著橋板

很遠很遠的大地上佈滿湖水

我們跌跌絆絆地跑著

小手絹縮成一團

不要穿過水面

穿過水面

陽光會折斷

——《鬼進城·還原》

　　顧城去國後特別是1990年代之後的詩歌，彰顯了漢語新詩於跨文化情境中的某些向度及其隱藏的內在困境。顧城去國前就已體會到：「我感到我幾乎成了公共汽車，所有時尚的觀念、書、思想都擠進我的腦子裡。我的腦子一直在走，無法停止。東方也罷，西方也罷，百年千年的文化亂作一團。」[10]去國以後，顧城更加強烈地感受到這種文化衝突帶來的巨大困擾，他的詩裡佈滿記憶、歷史和現實的混合與交錯：「出國以後吧，我每回做夢都回北京；所以我的生活像是發生了一個顛倒，這夢裡很現實，這醒的時候倒像是夢，不那麼真實……我寫了《城》這組詩，沒寫

---

[10]　見《顧城文選（卷一）》，哈爾濱：北方文藝出版社2005年版，第103頁。

完，又寫了《鬼進城》。全部是寫北京的生活現實感覺的……
我寫這個東西，我覺得它是非常現實的。我不認為它是『心理
現實』，要不就叫它是一種幽靈式的現實。」[11]正如有論者指出
的：「一次次或想像或現實的對家園的短暫回歸都僅僅強化了某
種內在的疏離感。一次次對故國的棄絕或背離都陷入更深的文化
無意識的糾纏。詩，一旦說出，便是對產生特殊語境的當下生存
和包含國家話語的歷史經驗的雙重捕捉，便是對過去與現在的衝
突、自我與他者的衝突、家園與異鄉的衝突的積聚和纏繞」[12]。
當然，這種處境或許也是促成那一悲劇性事件的一種原因或悲劇
性的一部分。

　　這種寫作中無法回避的文化焦慮，在與顧城同代、經歷相
似的詩人多多那裡同樣尖銳。去國多年後，多多仍然只能借助於
過去的經驗，抵抗語言懸空和文化失重引發的不適感，他自己承
認：「我經常一首詩可以用十年以前的材料……我處理的永遠是
過去」[13]。多多去國後的詩作裡，「過去」不僅是一道不可或缺
的底色，而且也成為其主題、表達方式乃至寫作的動機。不過，
有別於顧城詩歌中因置於文化萬花筒所滋生的諷喻意味甚至荒誕
感，多多去國後的詩歌一直保持著詞語內部的高度緊張感和介入
歷史的莊重態度，在延續其早年詩歌鋒芒的同時，又抹上了一絲
文化鄉愁的色調：「向著有煙囪矗立的麥田傾斜／也向凍裂的防
護林致敬，星群／又一次升起，安撫拂動的羊毛／馬奶在桶中搖

---

[11] 見《顧城文選（卷一）》，哈爾濱：北方文藝出版社2005年版，第112頁。

[12] 楊小濱《異域詩話》，見氏著《歷史與修辭》，蘭州：敦煌文藝出版社
　　1999年版，第197-198頁。

[13] 多多、金絲燕《詩、人和內潛——關於詩歌創作的對話》，《跨文化對
　　話》叢刊第16期。

晃著，批評／又一個早晨，在這樣地展開：是詩行，就得再次炸開水壩」（《小麥的光芒》）。2004年3月，旅居國外十五年的多多回國，受聘在一所大學任教，在一片讚揚聲中開啟了一段新的寫作歷程，其間的變與不變還有待觀察。

越來越多的跨文化寫作經驗，無疑會為漢語詩歌「共時體」的構建提供借鏡。事實上，處於跨文化語境中的詩人在提筆時，需要回答一位元長年居於國外的詩人宋琳的提問：「旅居的孤獨，長期的孤獨中養成的與幽靈對話的習慣，最終能否在內部的空曠中建立一個金字塔的基座，譬如，漸漸產生一種信仰的堅定？」[14]

2010年3月8日，另一位長年寓居國外的詩人張棗病逝於德國。在此之前，張棗已回國內在一所大學任教數年，他給研究生開設的一門課就是講授《野草》。在這門課的開篇中他提出：「《野草》中，魯迅的主調式是憂鬱的……憂鬱這一主調式，是一種唯美的現代主義抒情方式」，「魯迅在《野草》中塑造的這個『我』，這個抒情主體，是中國現代文學發軔以來最值得研究的符號之一，其范式性意義怎麼強調也不過分，而可惜的是，其重要性卻很少被領悟和探究。如果大家同意所謂中國現代文學的『現代』兩字一直缺乏有意義的闡讀，那麼這『現代』兩字，首先應該有個『現代性』的內涵，而我認為『現代性』在文學場地裡，指向的就是也必須是『文學的現代性』」[15]。這就將漢語新

---

[14] 宋琳《域外寫作的精神分析——答張輝先生十一問》，《新詩評論》2009年第1輯。

[15] 張棗《秋夜的憂鬱》，見《張棗隨筆選》，北京：人民文學出版社2012年版，第117、118頁。

詩的源頭指向了《野草》，勾畫了漢語新詩邁向「現代性」的新的圖景。

張棗還有一個廣為人知的說法：「我們跟卞之琳一代打了平手」[16]。此語看似隨意，實則是洞徹當代詩歌與現代詩歌之內在關聯、漢語新詩彼此呼應、接續之奧秘的中肯之論。那麼，他是在何種意義上認為當代詩人同卞之琳一代「打了平手」？也許，只能在詩歌寫作對漢語作出貢獻的意義上。張棗是一位對漢語極其敏感的詩人，認為漢語「是那個我們賴以生存和寫作，捧托起我們的內心獨白和靈魂交談的母語」[17]，信奉「在詩歌的程序中讓語言的物質實體獲得具體的空間感並將其本身作為富於詩意的品質來確立」[18]的法則，他本人的詩歌即呈示了漢語的豐盈與靈動。而回望中國當代詩歌半個世紀特別是最近三十餘年的歷史，產生影響的詩人與詩作的價值莫不如此。由此看來，構建漢語詩歌「共時體」的根基之一，最終應該落實到「漢語性」上面來，「漢語性」與「現代性」正是新詩的兩翼。

---

[16] 引自木朵對蕭開愚的訪談《共謀一個激發存在感的方向》，《詩歌月刊》2013年第1期。在該訪談中，蕭開愚回憶道：「大概1999年，他（指張棗）說我們跟卞之琳一代打了個平手，突破尚難，我基本同意（西川不同意，西川的判斷我也同意，這事我沒主見）。」

[17] 張棗《詩人與母語》，見《張棗隨筆選》，第53頁。

[18] 張棗《朝向語言風景的危險旅行——當代中國詩歌的元詩結構和寫者姿態》，同上，第174頁。

【附錄】
極限中的迂緩──「70後」詩人長詩寫作一瞥

一

作為一種命名,「70後」有著代際(generation)與流派[1]的雙重指認。其實,這一名號下的詩人進入人們的視野已經很久。雖然這批詩人「正處在日新月異的成長期,是正在進行時態的⋯⋯絕大多數隨時都處在變動、調整之中」[2],但他們為時不短的詩歌寫作(他們中部分詩人的寫作始於1990年代初甚至更早)已經顯出了某些值得關注的趨向。

一方面,受前代詩人寫作的滋養,「70後」詩人承續了前代詩人探索詩歌語言可能性的熱忱。另一方面,如何從前代詩人的「影響的焦慮」中走出,則更為「70後」詩人所看重,於是「偏移」成為他們寫作的美學基石:「從一開始大家都在明裡暗裡關注著自身與他人在精神境遇、文本記憶和寫作趣味等方面的諸多

---

[1] 將「70後」指認為流派的說法,可參見黃禮孩為《70後詩集》(兩卷本,海口:海風出版社2004年版)所寫的序言《70後:一個年輕的詩歌流派》。

[2] 敬文東《「沒有終點的旅行」》,見氏著《被委以重任的方言》,北京:中國人民大學出版社2003年版,第201頁。

差別，有所不同的是，他們相信這些差別只有在詩歌寫作的艱苦掘進和對當代詩歌內在線索的反覆辨析中才能被貫徹為一種『偏移』」；在他們的寫作裡，「任何一種寫作策略都沒有被絕對化，他們的寫作始終是階段性的，每一時期的寫作都力圖刷新以往詩藝記憶體，構成對既定寫作成規的接續和『偏移』……『偏移』的立場，即是不斷重設與自身及他人之間的『修正比』」[3]。此外，「70後」詩人在文本上也已初步形成了自己的特點。

　　那麼，如何看待「70後」詩人在中國當代特別是1980年代以來的詩歌中的位置？如何確認他們的寫作在詩學、文本上的價值？這裡，或許可從長詩入手進行一番探討，既然長詩「更能完整地揭示詩自成一個世界的獨立本性，更能充分地發揮詩歌語言的種種可能，更能綜合地體現詩歌寫作作為一種創造性精神勞動所具有的難度和價值」[4]。雖然「70後」詩人人數眾多、風格各異，雖然他們中不少人如黃禮孩、冷霜、泉子、劉春、宋尾等以短詩寫作見長，但由長詩入手進行考察，確實可從多個重要方面瞭解這一詩人群體的寫作面貌、成就和走向，並領悟中國當代詩歌代際更替與層次分佈的特徵。

---

[3] 姜濤《偏移：一種實踐的詩學》，《北京文學（精彩閱讀）》1998年第1期。

[4] 唐曉渡《編選者序：從死亡的方向看》，見「當代詩歌潮流回顧・寫作藝術借鑒叢書」《與死亡對稱——長詩、組詩卷》，北京：北京師範大學出版社1993年版。「70後」詩人夢亦非對長詩的意義也有相似表述：「長詩是強旺的生命力、敏銳的洞察力、巨大的創造力所凝集而成的結晶」，「它可以全面地表現詩人的才華高低、技藝的生熟、胸襟的大小、情感的濃淡、境界的深淺、經驗的多少」。見夢亦非《艾麗絲漫遊70後：返真的一代》，《零點・70後詩歌專號》，廣州2010年。

　　在中國新詩歷史上，一直不乏長詩寫作的積極參與者。不過在臺灣詩人瘂弦看來，早期新詩中的長詩不甚成功，而究其原因就在於，詩人們「僅僅理解到長詩的量的擴張，而沒有理解到長詩的質的探索，誤以為長詩只是在敘述一個事件的發展，而忽略了長詩精神層面的表達，也就是他們未能注意詩質的把握」；他進一步認為，「一首現代的長詩，與其說是記錄事件，毋寧說是記錄人性的歷史和現代人心靈遨遊的歷程」[5]。儘管瘂弦所述並不符合新詩歷史的實際情形，但也觸及了長詩的某些實質性要件。正如詩人駱一禾所言：「長詩於人間並不親切，卻是／精神所有、命運所佔據」（《光明》）。詩評家唐曉渡則指出，「長詩是詩人不會輕易動用的體式……一旦詩人決定訴諸長詩，就立即表明了某種嚴重性」[6]，他所說的「嚴重性」主要是指潛隱在一首詩的發生與完成之中的深刻動機。

　　1980年代是長詩寫作較興盛的時期，出現了至少四股引人注目的長詩寫作潮流：其一，朦朧詩人群中的楊煉、江河等及其後繼者「整體主義」（宋煒、宋渠等）、「新傳統主義」（廖亦武等）的現代史詩；其二，「第三代詩」中具有實驗色彩的長詩寫作，如周倫佑的《自由方塊》等；其三，女性詩歌中的長詩寫作，代表性作品有翟永明的《女人》、伊蕾的《獨身女人的臥室》、唐亞平的《黑色沙漠》等；其四，駱一禾、海子等頗顯理想主義色彩的長詩主張和實踐，譬如海子聲稱：「我的詩

---

[5]　瘂弦《現代詩的省思》，見氏著《中國新詩研究》，臺北：洪範書店1981年版，第19頁。

[6]　唐曉渡《編選者序：從死亡的方向看》，見「當代詩歌潮流回顧·寫作藝術借鑒叢書」《與死亡對稱——長詩、組詩卷》，北京：北京師範大學出版社1993年版。

歌理想是在中國成就一種偉大的集體的詩。……我只想融合中國的行動成就一種民族和人類結合、詩歌和真理合一的大詩」，「我寫長詩總是迫不得已，出於某種巨大的元素對我的召喚，也是因為我有太多的話要說，這些元素和偉大材料的東西總會漲破我的詩歌外殼」[7]，其突出成果包括駱一禾的《世界的血》、海子的《土地》等。1990年代以後，長詩寫作的取向受時代氣候和整個詩歌風尚的影響而發生了很大變化，此際從事長詩寫作的以轉型後的「第三代」詩人和一批1960年代出生的詩人為主，對歷史、現實元素的重視和力求「最大限度地包容日常生活經驗」（張曙光語）成為1990年代長詩的基本特徵，這為當代長詩寫作注入了某些新的質素，重要作品有王小妮《會見一個沒有了眼睛的歌手》、張曙光《小丑的花格外衣》、于堅《〇檔案》、蕭開愚《向杜甫致敬》、王家新《回答》、西川《鷹的話語》、鐘鳴《中國雜技：硬椅子》、孫文波《祖國之書，或其他》、陳東東《喜劇》、張棗《跟茨維塔伊娃的對話》、臧棣《新鮮的荊棘》、西渡《一個鐘錶匠人的記憶》、莫非《詞與物》、潞潞《無題》、朱朱《清河縣》、龐培《少女像》、宇龍《機場十四行》、劉潔岷《橋》、啞石《青城詩章》、周瓚《黑暗中的舞者》等。

在很大程度上，1980年代包括現代史詩、「非非主義」實驗、海子「大詩」理想在內的長詩寫作，大抵屬於向極限衝刺的寫作：無論楊煉的「高原如猛虎，焚燒於激流暴跳的萬物的海濱」（《諾日朗》）表現出的強悍，還是周倫佑的果決的「拒絕

7 海子《詩學：一份提綱》，見《海子詩全編》，上海：上海三聯書店1997年版，第889頁以下。

之鹽」（《自由方塊》），抑或海子的煌煌《太陽‧七部書》，在語詞與意識的強度、密度方面無不追求極致，這與那個激情主義的時代氛圍是相應和的。而1990年代的長詩寫作者逐漸改變了策略，某種高蹈的姿態性寫作被一種平易、舒緩的書寫所替代，引發爭議的「敘事」因素的滲入使此際的長詩在節奏、體式等方面趨於鬆弛，詩歌與時代的緊張關係也變得隱蔽。顯然，在此背景下成長起來的「70後」詩人，其長詩寫作必須另闢蹊徑，但也不全然是另起爐灶。

二

作為經受了1980年代理想主義餘韻薰染、1990年代商業化浪潮洗禮的一代人，「70後」詩人在精神氣質上無法不同時打上兩個時代的烙印。因此，他們的長詩寫作在文本上可以說兼有衝擊極限的痕跡（如蔣浩的幾部頗具宗教感的組詩、夢亦非的基於地域文化建構起來的巨型史詩）和在平緩中追求精細的趨勢（如姜濤、韓博、孫磊、閻逸等的長詩寫作）；同時，在此基礎上他們開始探求能標識自己一代的詩學特徵。總的來說，「70後」詩人的長詩寫作首先從詩藝與精神兩方面尋求拓展，並已形成了可予把握的趨向。

一方面，「70後」長詩寫作專注於詩歌語言、技藝的持續探索與提升。

比如，既有良好的詩評才能又有敏銳的詩寫感覺、雖身在學院但突破學院化寫作的姜濤，在其較早的寫作階段就寫出了《廂白營》、《畢業歌》、《京津高速公路上的陳述與轉述》等長

詩。他的詩歌參雜了繁複的巴羅克和明晰的寫實風格，能夠將抽象的譬喻與細微的暗諷糅合在一起：

> 八月已經過去，更換的稿紙上
> 依舊是渺無人跡的熱帶
> 精確的描寫帶來幻覺
> 無邊的現實有了邊緣
> 那曾經在筆尖下滲出的院落
> 而今，是否已租給了別人
>
> ——《秋天日記——仿路易士·麥克尼斯》

在語詞語義的轉移上常常給人驚異之感。

另一位出道甚早的詩人韓博一開始寫詩就顯出令人側目的技藝上的成熟，他寫於1990年代初的短詩《植物贋品》、《永遠離去》、《太陽穿過樹間》等，即便在今天讀來也不失新鮮之氣息。他的詩歌富於奇異的寓言性，曲折、變幻的語詞間蘊含著精確的細節，其長詩尤其如此：「拉著一隻液態的手，遊蕩。／海水不知道我也是海水／……我從一個自己／遊蕩向另一個，我拉著／自己的手。我沒有忘記液態的路／繞過暗礁，從上海，去內蒙古」（《未成年人禁止入內》）；他的長詩《獻給貓的挽歌》在戲謔的口吻中滲透著不易察覺的憂悒與悲憫，語調流暢自如而充滿克制。他的同窗馬驊也寫出了《秋興八首》、《邁克的霧月十八》等變換著技法、跨度較大的長詩。

同樣值得留意的是閻逸的長詩寫作，他早在1997年就完成了長詩《秋天：鏡中的談話或開場白》，其嫻熟地將機智的內在思

辨與從容的獨白語式結合起來的技法，並不遜於前代詩人歐陽江河的同類長詩《咖啡館》、《關於市場經濟的虛構筆記》等；他的長詩《貓眼睛裡的時辰》深得現代詩的變形之法，錯落綿密的語詞之流中映照著世界萬物的光線與陰影：「對於一顆蒼蠅腦袋，用顯微鏡／顯示其中隱藏的、米諾托的／迷宮（門：七十二扇。／臺階：三十九級。岔路口：／無數個。）比思考它／如何成型更為重要……如果／靈魂是小孩子，那麼黑暗呢／順著繩子滑過來的風呢」。王煒在他的詩歌中也嘗試著技藝的更新，他的長詩《普陀山》呈現了這樣一副情景：在深入風景的途中交織著對詩藝本身的沉思──「一首詩寫完，一個句子遠去，留下來的身體將更空虛」，「在我與一首詩無法測量的距離之間，句子的／進行在不斷叛變它的結局」；他善於把哲學元素滲入寫作的過程之中，其長詩《中亞的格列佛》出於情境營造的需要而採用了「對話體」，其行文雖然稍顯生硬，但這種尋求突破所付出的努力是可貴的。沈木槿的包括六首短詩的組詩《多棱玻璃球的遊戲》（《與一棵樹的距離》、《階石》、《進入》、《攀登》、《離開》、《越界》）有著冷峭的筆鋒，就仿佛一粒多棱玻璃球展現了詩藝的多面性。

近年來悄然進入讀者視野的路雲，長詩是他詩歌寫作的重要部分，他的《偷看自己》、《我如此渾濁》、《今天，我好新鮮》等長篇詩作，以奇崛的詞語、略顯激越的語調，密度、強度與速度均高的句法，以及充滿思辨、追問的語勢，表達了對於個體處境的審視與反思；他是「自然論」的信奉者，他堅信詩人是「採聲者」，認為寫作就是對自然與生命的譯解過程，是從天地之間的各種元素、生命中提煉詩意和詩性：「一個真正的寫作者

誠如一個竊賊，他深入垃圾化的內部，清理出人類的筋骨、熱血和路徑，呼應著宇宙的清新意志，發出不絕的嘀嘀之聲：她是一個資訊而且僅僅是一個資訊，把我轉述為另一個資訊」（《唯有涼風不被刪除》），從而建立了一種以「涼風」為基座和源頭的自然生命詩學；他的近作《翠翠》有著更為駁雜的生命體驗：「突然抖出的落葉，在你我之間，／記憶與遺忘之間，劃出一根輔助線，／證明今夜是完整的」，體現了一種特別的感受力和想像力。

不可否認，很多「70後」詩人在探索詩藝過程中表現出相當濃重的遊戲色彩，但也有另一些詩人能夠穿透遊戲的表面，發掘詩藝的真諦。女詩人燕窩的《三部詩經》（《戀愛中的詩經》《時光河流中的詩經》《最後一部詩經》）及帶著網路時代印跡的長詩《愛情就像一條狗》、《十封情書》、《非非日記》、《鼠疫》、《歡樂頌》、《吃魚記》等，或輕逸地調用古典資源，或從嬉戲的言辭片斷中提取這個時代特有的主題，顯示了自如的語言駕馭能力。強調寫作的「即興」性、詩歌實現了「徹底的審美上的鬆弛」（臧棣語）的王敖，重視語詞間相互推衍的力量，其長詩《鼴鼠日記》帶有明顯的「童話」語調和情境：「對面走來的好人，我給他／這緬腆的骷髏，戴上紅領帶，我說／我們要找的寶藏，就在他的腦袋裡」，力圖體現語詞自身及語詞間關係的原初、直接、新鮮的感覺。

另一方面，「70後」在長詩寫作中致力於神性價值與超驗之維的探尋和建構。這一取向，在蔣浩、孫磊、夢亦非等的長詩中格外突出。

蔣浩有一陣似乎迷戀長詩寫作，自1990年代中期起陸續寫出

的長詩《罪中之書》、《紀念》、《說》等，滲透著強烈的宗教意識和形而上之思；隨後的《一座城市的虛構之旅》、《說吧，成都》等長詩，增加了些許現實的景象；及至後來的斷片式長詩《詩》，則從對自然的冥思中抽繹出了「詩」的超驗之維。他早年的詩歌擅用長句，能夠於駁雜的鋪敘中保持古典的整飭：「我們曾從同一條街上不斷往回走／『有時看見穹廬和拱頂』，才突然發現／自身的不完整，以至於／那『雙重幻像』的出現／」（《陷落》）；近年來在遣詞造句上趨於古雅，卻也免不了偏枯與乾澀。

孫磊在1990年代初寫作伊始就似乎顯出不凡的志趣，短詩《那光必使你抬頭》中的「那光」、《那人是一團漆黑》中的「漆黑」，為他的詩歌標劃了一個特定的題旨：對光芒的讚頌；與此同期完成的長詩《演奏》強化了這一題旨，其起句有如繃緊的弓弦：

> 深夜遇到光芒，一下子我感到眾多的星辰裡
> 我不是一個生人。但該怎樣應付那些經過我的人
> 那些在我體內將我踩響的人，純正、細膩、睿智。

至1990年代末，他先後完成了《演奏》、《朗誦》、《旅行》、《準備》、《剝奪》等長詩。他的詩歌十分注重詩思的動作性（從那些長詩的標題即可看出）與語詞的節奏，在題旨上表現出對超驗的尊崇，具有俄羅斯文學的凜冽的底色；他後來的長詩《處境》、《脆弱，我順從》等，逐漸轉入對日常事物的審視。

與孫磊志趣相似的「70後」詩人還有遠人、劉澤球、宇向

等。遠人的長詩《微暗的火》使用第二人稱，全篇充滿了「禱告」般的絮語：「你就在那裡居住，／像一粒種籽，／堅硬，有著／清涼的棱角。／時間的粉末，／掩住你的手，／一起一落的手」；劉澤球的《洶湧的廣場》、《桐梓壩》等長詩雖然隱約折射著現實的場景與指向，但其最終面對的是關乎生存與信仰的焦灼：「即使知覺精確的儀器／也無法從溶化進虛無的淵藪中／提煉任何微小的質料／或許　存在始終不被感知／而實存之物／既不是期望中的鑰匙／也不通往未被洞察的另一方向」（《桐梓壩》）。宇向的長詩《給今夜寫詩的人》極具爆發力，「給」的句式（也是姿勢）貫穿其中，在虛擬的對話中展示了一種心智的博弈。

　　這裡值得一提的是夢亦非的「史詩」寫作，他的幾部長詩《蒼涼歸途》、《空：時間與神》、《素顏歌》、《詠懷詩》等都有著宏富的篇幅，在立意、構架、煉句等方面下力很深。比如《空：時間與神》這部包括十二個詩組（即十二章，每章又包括十二首詩）的長詩，試圖用「時間」和「神」來詮釋「空」的理念，其間穿插了多條或隱或顯的與地域文化相關的神話線索，並涉及《聖經》、《奧義書》、《老子》、《列子》、《金剛經》、《詩經》等古代典籍，這樣的安排使全詩在哲理、敘事與抒情的多重張力中生成意蘊。不過，這部長詩得以成形的重要根基之一，則是「都柳江流域這塊狹小的水族文化繁衍的神巫之地」，佔據這片神奇土地的主要是一種水族文化，兼有苗、布依等文化的融匯，而這一地域上的語言即水語，「是一種詩化的語言，其命名的直接性、巫性，其詞序與漢語的區別性，帶來原生的陌生化」，基於此衍生的詩歌難免與這種文化和語言建立一種

同構關係：「水族文化，即巫文化，而詩歌亦是一種巫術的遺跡，一種很難再發生效力的巫術記錄、語言巫術，但依然保留著巫術的語言外形」[8]。從地域文化出發進行長詩寫作，也許有其難以避免的局限性，這是需要詳加辨析的議題。類似的作品或可舉出李鬱蔥的組詩《地名：南方偏東》等。

三

　　1990年代以降，中國詩歌倍受指責的原因之一據說是遠離現實。事實上，細心的人們不難發現，「在90年代的漢語詩歌中，『介入性』因素及其強度都在不斷地增加」[9]。在那些突出「介入性」因素的詩作裡，「現實」及「詩與現實」的「關係」得到了新的詮釋：「先鋒詩一直在『疏離』那種既在、了然、自明的『現實』，這不是什麼秘密；某種程度上尚屬秘密的是它所『追尋』的現實。進入90年代以來，先鋒詩在這方面最重要的動向，就是致力強化文本現實與文本外或『泛文本』意義上的現實的相互指涉性」[10]；那些先鋒詩「所指涉的現實是文本意義上的現實，也就是說，不是事態的自然進程，而是寫作者所理解的現實，包含了知識、激情、經驗、觀察和想像」[11]。

8　夢亦非《地域文化‧寫作資源‧史詩》，見氏著《蒼涼歸途‧評論卷》，廣州：花城出版社2010年版，第139頁以下。
9　張閎《介入的詩歌》，見氏著《聲音的詩學》，北京：中國人民大學出版社2003年版，第140頁。
10　唐曉渡《90年代先鋒詩的幾個問題》，《山花》1998年第8期。
11　歐陽江河《89後國內詩歌寫作：本土氣質、中年特徵與知識份子身份》，見氏著《誰去誰留》，長沙：湖南文藝出版社1997年版，第247頁。

　　秉承這一詩學路向，「70後」詩人也寫出了體悟現實的「介入性」詩作，像前述的姜濤、韓博、閣逸、蔣浩等詩人，其詩歌寫作的重心看似放在詩藝的推進上，實則他們的不少作品以隱喻的筆法切入當下的現實生活。如詩人西渡就將韓博的長詩《未成年人禁止入內》視為「『當代評論』的代表作」，認為該詩的「好處在於詩人對於現實的變形處理，因而增加了對現實的概括力和針對性，不僅讓我們看到現實和詩人對現實的態度，而且讓我們看到了詩的藝術」[12]。這無疑是一種穩健的現實觀和成熟的詩藝的結合。

　　對世俗生活的關注，成為這一代詩人寫作中無可回避的主題。相較於每一時期都有詩歌採取過於直接的態度處理社會現實，朵漁的詩歌對現實的關切十分巧妙（儘管筆者對他那首得到廣泛讚譽的「地震詩」持保留意見），他的短詩給人印象深刻，如《七里海》只有短短五行，但頗顯力度：「當獅子抖動全身的月光，漫步在／黃葉枯草間，我的淚流下來。並不是感動，／而是一種深深的驚恐／來自那個高度，那輝煌的色彩，憂鬱的眼神／和孤傲的心」；他的詩歌注重對細小事物的描寫，某種「虛弱」語氣為其偏於口語的寫作加入了樸質的元素，這一點也體現在他新近發表的長詩《高啟武傳》之中。這部長詩試圖以個人的微觀歷史呈現乃至穿越時代的宏大歷史，此一方式（或手法），在其他「70後」詩人的長詩如凌越《虛妄的傳記》、張永偉《雪：為村後的小山哀悼》、《再悼村後的小山》、趙衛峰《斷章：九十年代》、木朵《名優之死》、江非《一隻螞蟻上路了》

---

[12] 西渡《普羅透斯，或骰子的六面——讀〈漢花園青年詩叢箚記〉》，《新詩評論》2008年第2輯。

等中可以見到。

呂約的長詩《四個婚禮三個葬禮》同樣展現了一個時代的悲喜劇，卻有意將當下與過往、愛與死、靈與肉、冥想與憂患嫁接在一起，因而視野更加開闊，也更有力度，堪稱破碎世界的挽歌：「身體微微離地／在風的腳下卷來卷去／一閉上眼睛就看見自己／街頭／泡沫碼頭／灌木叢　工地／劇院　雕像的陰影下／風口／到處站立／同一時刻出現在兩個方向」；她還在其文論中對「破碎世界中的完全詩歌」進行了有力思考，提出了「詩歌以語調重建精神秩序」、「『我們』對『我』的限制與補充」、「『驚奇』通往世界的無限性和多樣性」等命題[13]。另一位出生「南方」（呂約的《四個婚禮三個葬禮》有一節涉及此題）的「70後」詩人王艾，在長詩《南方》中以凝練的筆力，掃描了時代洪流裹挾下「南方」的精神與物質發生變遷的歷程，他眼裡的「南方」幻化為一個香消玉殞的女子，曾經的優雅氣質在歷史的滾滾紅塵中已經蕩然無存：

　　多年前我觸摸星辰，

　　透過她粉色牙床構成的時間地平線，

　　看到記憶的稀釋劑，

　　向那巨大黃昏的懷抱中推出。

　　多年前它穿過我的骨骼，

　　留下一排牙印、一絡青絲、一顆皮膚上的黑痣，

13　呂約《破碎世界中的完全詩歌》，見氏著《破環儀式的女人》，天津社會科學院出版社2009年版，第245頁以下。

但靈魂盛裝，精神假面，

在一列三流時代開去的列車上飛舞。

這部長詩包含了豐沛的詩情，堪與「南方」相稱的華美語詞、張弛有度的句式顯得搖曳多姿，實乃「70後」長詩中不可多得之作。

王艾的《南方》隱含著不難辨察的反省意識，這種反省意識在另一些「70後」詩人的長詩中則演化為一種激烈的批判，像馮永鋒（站在環保主義立場）的《非分之想》、謝湘南（作為媒體工作者）的《過敏史》、魔頭貝貝（做過多種職業）的《起訴書》等，對現實的觀照與書寫中充滿了尖利的控訴色彩。相比之下，宋烈毅的《下午時光》、《變化》、黃金明的《洞穴》等長詩，更願意將目光投向那些日常的景致，洞察世俗生活中的卑微力量，語勢變得舒緩，語氣也柔和了許多：「一隻黃鼠狼在和他對視／這一瞬間／照亮他們／／陰暗的時刻來臨／一些東西轉瞬即逝／只能坐在房間裡回憶」（宋烈毅《下午時光》）。這是「介入」現實的另一種路徑。

不管怎樣，撇開那些過於急切的對現實的表達，對現實的關注和有效「介入」，不僅為「70後」長詩寫作增添了厚重感，同時也使長詩作為一種文體在現時代獲得了一定的意義依據。這意味著，通過長詩寫作，「70後」詩人能夠在加速度的時代列車旁放慢步伐、駐足觀視，保持一份從容的心境應對紛亂與喧囂。多年以前，「70後」安石榴曾坦然自陳：「70年代出生詩人的群體意義和創作本身尚缺乏理論的闡釋和支撐，並沒有完成寫作的自

我闡述和整體闡述」[14]。迄今為止這一「闡述」仍然未能完成。毋庸諱言，當前中國詩歌處於較為普遍的渙散、乏力的狀態，已經或即將步入不惑之年的「70後」詩人面臨著精神與詩藝的雙重轉型。他們能否成為未來詩歌的中堅？能否摧毀一種腐朽的代際等級制和有關「進步」的意識形態幻象，而將詩歌寫作帶入一種寬闊之境？以上談及的部分長詩，或許讓人有理由拭目以待。

---

[14] 安石榴《七十年代：詩人身份的隱退和詩歌的出場》，《外遇》總第四期，深圳1999年5月。

秀威經典　　　語言文學類　PG2230　新視野65

中國大陸先鋒詩歌簡史（1968-2003）

作　　　者／張桃洲
責任編輯／徐佑驊
圖文排版／楊家齊
封面設計／王嵩賀

出版策劃／秀威經典
發 行 人／宋政坤
法律顧問／毛國樑　律師
印製發行／秀威資訊科技股份有限公司
　　　　　114台北市內湖區瑞光路76巷65號1樓
　　　　　電話：+886-2-2796-3638　傳真：+886-2-2796-1377
　　　　　http://www.showwe.com.tw
劃撥帳號／19563868　戶名：秀威資訊科技股份有限公司
　　　　　讀者服務信箱：service@showwe.com.tw
展售門市／國家書店（松江門市）
　　　　　104台北市中山區松江路209號1樓
　　　　　電話：+886-2-2518-0207　傳真：+886-2-2518-0778
網路訂購／秀威網路書店：https://store.showwe.tw
　　　　　國家網路書店：https://www.govbooks.com.tw

2019年10月　BOD一版
定價：240元
版權所有　翻印必究
本書如有缺頁、破損或裝訂錯誤，請寄回更換

國家圖書館出版品預行編目

中國大陸先鋒詩歌簡史(1968-2003) / 張桃洲著. -
-一版. -- 臺北市 : 秀威經典, 2019.10
　　面 ;　　公分. -- (語言文學類 ; PG2230)(新視
野 ; 65)
　　BOD版
　　ISBN 978-986-97053-9-4(平裝)

　1. 中國詩　2. 當代詩歌　3. 中國文學史

820.9108　　　　　　　　　　108015351

讀者回函卡

感謝您購買本書，為提升服務品質，請填妥以下資料，將讀者回函卡直接寄回或傳真本公司，收到您的寶貴意見後，我們會收藏記錄及檢討，謝謝！如您需要了解本公司最新出版書目、購書優惠或企劃活動，歡迎您上網查詢或下載相關資料：http:// www.showwe.com.tw

您購買的書名：＿＿＿＿＿＿＿＿＿＿＿＿＿＿＿＿＿＿＿＿＿＿

出生日期：＿＿＿＿＿年＿＿＿＿＿月＿＿＿＿＿日

學歷：□高中 (含) 以下　　□大專　　□研究所 (含) 以上

職業：□製造業　□金融業　□資訊業　□軍警　□傳播業　□自由業
　　　□服務業　□公務員　□教職　　□學生　□家管　　□其它＿＿＿

購書地點：□網路書店　□實體書店　□書展　□郵購　□贈閱　□其他

您從何得知本書的消息？

　□網路書店　□實體書店　□網路搜尋　□電子報　□書訊　□雜誌

　□傳播媒體　□親友推薦　□網站推薦　□部落格　□其他＿＿＿＿＿

您對本書的評價：(請填代號　1.非常滿意　2.滿意　3.尚可　4.再改進)

　封面設計＿＿＿　版面編排＿＿＿　內容＿＿＿　文／譯筆＿＿＿　價格＿＿＿

讀完書後您覺得：

　□很有收穫　□有收穫　□收穫不多　□沒收穫

對我們的建議：＿＿＿＿＿＿＿＿＿＿＿＿＿＿＿＿＿＿＿＿＿＿

＿＿＿＿＿＿＿＿＿＿＿＿＿＿＿＿＿＿＿＿＿＿＿＿＿＿＿＿＿＿

＿＿＿＿＿＿＿＿＿＿＿＿＿＿＿＿＿＿＿＿＿＿＿＿＿＿＿＿＿＿

11466

台北市內湖區瑞光路 76 巷 65 號 1 樓

秀威資訊科技股份有限公司 收

BOD 數位出版事業部

....

（請沿線對折寄回，謝謝！）

姓　　名：＿＿＿＿＿＿＿＿　年齡：＿＿＿＿　性別：□女　□男

郵遞區號：□□□□□

地　　址：＿＿＿＿＿＿＿＿＿＿＿＿＿＿＿＿＿＿＿＿＿＿＿

聯絡電話：(日) ＿＿＿＿＿＿＿＿＿＿　(夜) ＿＿＿＿＿＿＿＿＿＿

E-mail：＿＿＿＿＿＿＿＿＿＿＿＿＿＿＿＿＿＿＿＿＿＿＿